每一份获得，都是足以令人惊喜的意外

敬畏生命

散文

张晓风 著

北京联合出版公司

人能有愿,
如花之有蕊,
烛之有焰,
大地之有轴序,
该是件极幸运的事。

我们或迟或早,
总应该学会合理的感恩。
世上的事原来是可以
在混沌噩然中成其为美好的。

曾经存在过的便不会消失。
春天不曾匿迹,
它只是更强烈地投身入夏,
原来夏竟是更朴实更浑茂的春,
正如雨是更细心更舍己的液态的云。

诗是一种情缘,
该碰上的时候就会碰上,
一花一叶,一蝶一浪,
都可以轻启某一扇神秘的门。

如果不曾长途渴耗,
则水只是水,
但旱漠归来,则一碗凉水顿成琼浆。
如果不曾挨饿,
则饭只是饭,
但饥火中烧却令人把白饭当作御膳享受。

这是一个有情的世界,
我们每一个人
都是在许多别人的善意里活着的——
而那每一份善意都值得我们虔诚地谢天。

美丑和价值是成人世界里的东西,
但对一个小女孩而言,
爱心可以无所不及。

桥在河上,河在美丽的土地上。
整个逃离的途程竟像一场旅行。
好的旅游,
不仅带人去远方,
而是带人回到最深层的内心世界。

目录 contents

敬畏生命

壹 年轻，好！

- 002　有愿
- 005　盒子
- 007　音乐教室
- 014　念你们的名字
- 020　最后的戳记
- 028　你不能要求简单的答案
- 040　我的脸是给妈妈 Kiss 用的
- 041　我喜欢通通
- 042　我不知道怎样回答
- 046　娇女篇

贰 诗的容器

- 058　杨贵妃和她的诗
- 065　李贺和他家的外劳
- 069　薛蟠和他的泰国料理生日宴
- 072　人日
- 076　送你一个字
- 079　坡丘的联想
- 084　等待春天的八十一道笔画
- 091　他？她？

叁 人生,可以是美好的

- 098　放尔千山万水身
- 101　不是倒霉日
- 103　梦稿
- 110　只要让我看到一双诚恳无欺的眼睛
- 114　鸟巢蕨,什么时候该丢?
- 117　问名
- 124　肉体有千万种受难的形态
- 127　"你的侧影好美!"
- 130　情怀
- 142　正在发生
- 145　一路行去

肆 山水有深意

- 154　画晴
- 161　敬畏生命
- 163　到山中去
- 171　也是水湄
- 175　重读一封前世的信
- 183　我家独制的太阳水
- 187　巷子里的老妈妈
- 190　孤意与深情

伍 身侧的幸福

- 200 雨天的书
- 208 奖金六元
- 212 什么东西在"大减价"?
- 215 五点半,赴汤蹈火的时刻
- 219 一则关于朝颜的传说
- 222 口香糖、梨、便当
- 225 衣履篇

壹 · 年轻,好!

愿鸢飞,愿鱼跃,
愿肺叶能呼吸一口干净空气,
愿人和人之间祥和无争。
让一切失去的重新回来,
让生命遂成其为生命应有的尊严。

有愿

暮春四月的晚上沿着逐渐复活的爱河走来,一泓八角形的清澈池水,恍惚如有所待,而在这透明无所隐藏的池水前,我们要说出自己无所隐藏的心愿。

人能有愿,如花之有蕊,烛之有焰,大地之有轴序,该是件极幸运的事。

说起许愿,我不由自主地想起童话故事里那对贫苦的夫妻。有一个难熬的冬夜,天使出现了,并且特准他们许三个愿。饿昏了的丈夫立刻大声说:

"我希望有盘大大的香肠!"

肥满的香肠来了。做妻子的生了气,一个本来可以"成为无限"的愿望,此刻降格成为一盘不值钱的香肠,她恨恨地叫起来:

"香肠,哼,我希望这大串香肠全长到你的鼻子上去才好!"

天使是法力无边的,妻子一句话尾音未落,香肠早已牢牢地

在丈夫鼻子上生了根。

两人相对愕然，一霎间，他们竟只剩下最后一个愿望了。世上虽有万千美梦可供祈求，但现在他们已没有权利去选择了——和我们一样，他们曾经因无知浪费了自己，一些无谓的追逐、固执和敌意造成一重重伤害。而现在，如果还有愿可许，我们——这些生活在这块土地上，曾一度热衷于经济开发，而付上太大代价的一代，选择力的愚蠢一如那对贫苦夫妻的一代——此刻也只能像那妻子虔诚俯首，说：

"愿一切恢复原状。"

是啊，如果我有愿，也只是愿一切如初：愿鸢飞，愿鱼跃，愿肺叶能呼吸一口干净空气，愿人和人之间祥和无争。让一切失去的重新回来，让生命遂成其为生命应有的尊严。

下面的文字是我近年来的私愿，陈扬就此谱曲，齐豫用干净明亮的声音唱了它，听来是一种强式的深情，我很喜欢，由于也喜欢高雄市"愿池"构想，我要在献池典礼中轻轻念一遍我的私愿：

凡有翅的让它能飞
凡有鳍的让它能游
凡有脚的让它行走
凡有气息的让它呼吸
凡有生命的让它自由

盒子

过年,女儿去买了一小盒她心爱的进口雪藏蛋糕。因为是她的"私房点心",她很珍惜,每天只切一小片来享受,但熬到正月十五元宵节,也终于吃完了。

黄昏灯下,她看着空去的盒子,恋恋地说:

"这盒子,怎么办呢?"

我走过去,跟她一起发愁,盒子依然漂亮,是闪烁生辉的金属薄片做成的。但这种东西目前不回收,而蛋糕又已吃完了……

"丢了吧!"我狠下心说。

"丢东西"这件事,在我们家不常发生,因为总忍不住惜物之情。

"曾经装过那么好吃的蛋糕的盒子呢!"女儿用眼睛,继续舔着余芳犹在的盒子,像小猫用舌头一般。

"装过更好的东西的盒子也都丢了呢!"我说着说着就悲伤

愤怒起来,"装过莎士比亚全部天才的那具身体不是丢了吗?装过王尔德,装过萨缪尔·贝克特,装过李贺,装过苏东坡,装过台静农的那些身体又能怎么样?还不是说丢就丢!丢个盒子算什么?只要时候一到,所有的盒子都得丢掉!"

那个晚上,整个城市华灯高照,是节庆的日子哩!我却偏说些不吉利的话——可是,生命本来不就是那么一回事吗?

曾经是一段惊人的芬芳甜美,曾经装在华丽炫目的盒子里,曾经那么招人爱,曾经令人欣慕垂涎,曾经傲视同侪,曾经光华自足……而终于人生一世,善舞的,舞低了杨柳楼心的皓月;善战的,踏遍了沙场的暮草荒烟;善诗的,惊动了山川鬼神;善于聚敛的,有黄金珠玉盈握……而至于他们自己的一介肉身,却注定是抛向黄土的一个盒子。

"今晚垃圾车来的时候,记得要把它丢了,"我柔声对女儿说,"曾经装过那么好吃的蛋糕,也就够了。"

音乐教室

诗诗:

　　雨或者仍在下,或者已不下,厚丝绒的帷幕升起,大厅里簇拥着盛装的人群。这是你的第一次演奏会,我和晴晴坐在迢远的角落上遥望你。

　　音乐是风,在观众席的千峰万壑间回荡。音乐是雨,在我们心的高檐紧密地垂下。音乐是奇异的阳光,蜿蜒向天涯每一条曲径。

　　我们从来没有期望你成为一个音乐家,只希望给你一个快乐的童年。因此三年前,我们带你去学音乐。教室里贴着美丽的壁纸,地毯是绿茵茵的。我们愉快地发现每一个小孩都是可爱的。你们唱歌,你们辨认拍子,你们兴奋地做着韵律游戏,你们学着识谱,试着作曲,尝试跟别人和奏,你们享受着彼此的快乐。

　　后来,我们又买了一架古老的、雕镂着花纹的钢琴,客厅成了另一间音乐教室,我们常常可以倾听你的充满生命力的弹奏。

诗诗,我常在这一切的美好之上,感到一些更巨大的、更神圣的美丽。你还小,我因而从来没有告诉你。但今天,你和你的朋友们站在台上,你是多么大啊!你就是那个我每夜醒来为你哺乳的小婴孩吗?我在泪光中遥望你们,有如一排青青翠翠的小树,我忍不住要将一些话告诉你。

许多年前,妈妈还是一个小女孩,有时她经过琴行,驻足看那些庄严得几乎不可触及的乐器,感到一种绝望。但少年时期总是美好的,有时,上课时,偷偷把双手放在桌子下面,也尽可在一排想象的琴键上来回抚弄。不需要才学和胸襟,少年时期人人都自然能了解陶渊明"无弦琴"的意境。

终于,有一天,有一个音乐老师答应教她弹琴。那是在南台湾的一个小城,学校又大又空旷,音乐教室因为面对着一带遮天蔽日的大树,整个绿郁郁地古典了起来。那女孩踩着密匝匝的树影朝圣似的走向音乐教室。夏日的骤雨过后,树上的黄花凄凄然地悬着饱胀得令人不知所措的美感,那女孩小心翼翼地捧着琴谱走着。

我常常忍不住要感谢许多人,例如我的音乐老师。他多么好,回忆中已想不起他的坏脾气,想不起他的不修边幅,只记得他站在琴前教我弹那简单的练习曲。诗诗,记得那天,你在钢琴上重弹那些曲子的时候,我忍不住地从书房跑出来。诗诗,你不能了解我在那一刹那间的激动,我已经十几年不弹琴了,乍听你弹那些熟悉的曲子,只觉恍如隔世,几乎怀疑曲子是自我的腕下流出的——诗诗,我的音乐老师已经谢世了!伟大的音乐家里永远不会有他的名字,可是我仍然感谢他,尊敬他,他曾教导我更多地拥抱我所爱的音乐。他也不是成功的声乐家,但是,当他告诉我们他怎样去从戎当青年军,怎样在青春的激情里为祖国而唱的时候,那是怎样一种声音——诗诗,我再也不能看见我的老师了。我暑假出外旅行,回来的时候不意他已化为一钵劫灰,我唯一能安慰自己的是,我曾让他了解,虽然已经十几年了,我仍在敬爱他。

诗诗,我不弹琴,竟已经十几年了,但恒在的是心中的琴韵。我的老师不曾把我教成一个钢琴家,但他使我了解怎样聆听这充满爱充满温情的世界,这个许多人为你付出的世界。今天,当你的小手在琴键上往返欢呼,你可知道我所移植给你的音乐之苗是承自何处吗?诗诗,我每一思及人间的爱之连锁,那些牵牵绊绊彼此相萦的真情,总忍不住心如激湍。

有时候,诗诗,我们需要的是一点良知,一点感恩,以及一份严肃的对他人的歉疚之心,一种自觉欠负了什么的谦虚。

我仍然记得,那些年,音乐事实上是一个奢侈的名词。而今天,你我能安然地坐在美丽祥和的音乐教室里,你会感到那些琴,那些鼓,仿佛理所当然地从开天辟地就存在着了。不是的,诗诗,这些美,这些权利,是许多不知名的手所共同建筑起来的。诗诗,我们或迟或早，总应该学会合理的感恩。

行年渐长，我越来越觉得生活在"人"之中的喜悦，生活在属于自己的土地上的喜悦，拥有一种历史的喜悦，以及一切小小的"与人共有"的喜悦。诗诗，这是一个有情的世界，我们每一个人都是在许多别人的善意里活着的——而那每一份善意都值得我们虔诚地谢天。

有一天，我偶然仔细地看了一下薪水袋！在安静的凝思里竟也能体会出一份美感。许多年来，我一直不认为钱是高尚的东西，但那天，我在谦卑中却体会出某种诗意来。我知道政府能给公教人员的薪酬有限，但我仿佛能感到这份薪水里包括某个荒山野岭

的纳税人的玉米,某个渔人所捞的鱼,某个农人的稻子,某个女孩的甘蔗,以及某些工厂中许许多多人的劳力,或者是一个煤矿工人的汗,或者是一个手工业工人的巧心。诗诗,你能走入音乐教室,学你所喜欢的音乐课程,和那些人都有或多或少的关系。社会的富足建立在广大人群的共同效命上。诗诗,我今天能安然地坐在灯下写,站在讲坛上说,我能欢悦地向年轻的孩子叙述那个极大的古中国故事中的一部分,我能侃侃而谈《说文解字叙》,或者王绩、王梵志,我能从容地讲唐人的传奇,宋人的平话,诗诗,我没有一丝可以傲人的,我从心底感到我对上天以及对整个社会的永铭难忘的谢意。

我有时真想对政府和军人说一声"谢谢",我们在他们的忧劳中享受安谧,在他们的瘁殚中享受丰盈。世界上的人能活在一个自由的、宁静的、确知自己的头颅有权利长在自己的头颈上的地方并不多。诗诗,有时早晨起来,面对宇宙间新生的一天,面对李白和莎士比亚也无权经历的这一天,我忍不住对上苍说:"我感谢你,我感谢这个世界,我多么想去告诉每一个人我感谢他们。我多么想让别人知道我在他们的贡献里一直怀着一份歉疚的情感,一颗希望有所图报的心。"

诗诗,音乐在四壁之间,音乐在四壁之外,有如无所不在的花香。音乐渐渐地将空气过滤得坚实而甜美。你站在台上,置身于一座大电子琴后,每个孩子都认真地奏着自己的乐器,多么美好的下午！但是，诗诗，我愿意你知道，这世界并不全是这样美好的。我们所生活的制度，我们所生活的环境不是全世界处处都有的。诗诗，我们能有你，能相守在一间有爱有食物有音乐的屋子里，而如果仍然不知感恩的话，我们就是可耻的了。

有一天，偶然和我们学校的教务主任谈起，他说："你知道吗？就为我们学校这一百二十个学生，政府已经花掉一亿多了！平均是一个学生一百万，这还是只指他们一入学，要是把七年医学教育的费用全算上，一个人大概是二百万！"

我当时深为震撼，一个人才是多少苦心的期待栽成的！转而一想，诗诗，我和你不也或多或少地接受过公费的培育吗？少年时期常向往的是冲风冒雨独来独往的豪情，成长以后才憬悟到人与人之间手足相依的那份亲切。少年时期常是无挂无碍志得意满的自矜，成长以后才了解面对天地之化育、人类万物的深情，心头应该常存几分感恩，几分歉仄——没有什么是理所当然的，我们的每一份获得都该是足以令人惊喜的意外。

音乐扬起，再扬起，诗诗，也许将来你会有更多的演奏会——也许这是你唯一的一次，但无论如何，愿你记得音乐教室中的美好辰光。记得那些穿花色长裙的小女孩，记得美丽的长发的音乐老师，记得那些琴，那些鼓，那些欢乐的歌。诗诗，不管世路是否艰难，记得我们曾在欢乐中走完美丽的初程。愿新生的一代常走在琴韵之中，真正有大担当的人是体会过幸福，而且确信人世间人人有幸福权利的人。真正敢投入风浪的大英雄是些享受过内心深处真正宁静的人。诗诗,我愿你在音乐教室之内,我也愿你在音乐教室之外。

诗诗,雨或者在下,或者已不下,而我们已饱饫今日下午的音乐。音乐中有许多动人的冥思,有许多温热的联想。诗诗,愿天地是一间大音乐教室,愿萧萧的万木是琴柱,愿温柔的千涧是长弦,诗诗,让我们能说,我们已歌过,我们曾是我们这一代的声音。

念你们的名字
——寄阳明医学院大一新生

孩子们，这是八月初的一个早晨，美国南部的阳光舒迟而透明，流溢着一种让久经忧患的人鼻酸的、古老而宁静的幸福。助教把期待已久的发榜名单寄来给我，一百二十个动人的名字，我逐一地念着，忍不住覆手在你们的名字上，为你们祈祷。

在你们未来漫长的七年医学教育中，我只教授你们八个学分的中文，但是，我渴望能教你们如何做一个人——以及如何做一个中国人。

我愿意再说一次，我爱你们的名字，名字是天下父母满怀热望的刻痕，在万千中国文字中，他们所找到的是一两个最美丽最醇厚的字眼——世间每一个名字都是一篇简短质朴的祈祷！

"林逸文""唐高骏""周建圣""陈震寰"，你们的父母多么期望你们是一个出类拔萃的孩子。"黄自强""林进德""蔡笃义"，多少伟大的企盼在你们身上。"张鸿仁""黄仁辉""高泽仁""陈宗仁""叶宏仁""洪仁政"，说明了儒家传统对仁德的向往。"邵国宁""王为邦""李建忠""陈泽浩""江建中"，显然你们的父母曾把你们奉献给苦难的中国。"陈怡苍""蔡宗哲""王世尧""吴景衣""陆恺"，含蕴着一个古老圆融的理想。我常惊讶，为什么世人不能虔诚地细味另一个人的名字？为什么我们不懂得恭敬地省察自己的名字？每一个名字，不论雅俗，都自有它的哲学和爱心。如果我们能用细腻的领悟力去叫人的名字，我们便能学会更多的互敬和互爱，这世界也可以因此更美好。

这些日子以来，也许你们的名字已成为乡梓邻里间一个幸运的符号，许多名望和财富的预期已模模糊糊和你们的名字连在一起，许多人用钦慕的眼光望着你们，一方无形的匾已悬在你们的眉际。有一天，"医生"会成为你们的第二个名字，但是，孩子们，什么是医生呢？一件比常人更白的衣服？一笔比平民更饱涨的月入？一个响亮荣耀的名字？孩子们，在你们不必讳言的快乐里，抬眼望望你们未来的路吧！

什么是医生呢？孩子们，当一个生命在温湿柔韧的子宫中悄然成形时，你，是第一个宣布这神圣事实的人。当那蛮横的小东西在尝试转动时，你，是第一窥得他在另一个世界的心跳的人。当他陡然冲入这世界，是你的双掌，接住那华丽的初啼。是你，用许多防疫针把成为正常的权利给了婴孩。是你，辛苦地拉动一个初生儿的船纤，让他开始自己的初航。当小孩半夜发烧的时候，你是那些母亲理直气壮打电话的对象。一个外科医生常像周公旦一样，是一个在简单的午餐中三次放下食物走入急救室的人。有的时候，也许你只需为病人擦一点红汞水，开几颗阿司匹林，但也有时候，你必须为病人切开肌肤，拉开肋骨，拨开肺叶，将手术刀伸入一颗深藏在胸腔中的鲜红心脏。你甚至有的时候必须忍受眼看血癌吞噬一个稚嫩无辜的孩童而束手无策的裂心之痛！一个出名的学者来见你的时候，可能只是一个脾气暴烈的牙痛病人，一个成功的企业家来见你的时候，可能只是一个气结的哮喘病人，一个伟大的政治家来见你的时候，也许什么都不是，他只剩下一口气，拖着一个中风后的瘫痪的身体，挂号室里美丽的女明星，或者只是一个长期失眠的、神经衰弱的、有自杀倾向的患者——你陪同病人经过生命中最黯淡的时刻，你倾听垂死者最后的一声呼吸，探查他最后的一槌心跳。你开列出生证明书，你在死亡证明书上签字，你的脸写在婴儿初闪的瞳仁中，也写在垂死者最后的凝望里。你陪同人类走过生、老、病、死，你扮演的是一个怎样的角色啊！一个真正的医生怎能不是一个圣者！

事实上，作为一个医者的过程正是一个苦行僧的过程，你需要学多少东西才能免于自己的无知，你要保持怎样的荣誉心才能免于自己的无行，你要几度犹豫才能狠下心拿起解剖刀切开第一具尸体，你要怎样自省才能在千万个病人之后免于职业性的冷静和无情。在成为一个医治者之前,第一需要被医治的,应该是我们自己。在一切的给予之前,让我们先成为一个"拥有"的人。

孩子们,我愿意把那则古老的"神农氏尝百草"的神话再说一遍。《淮南子》上说:"古者,民茹草饮水,采树木之实,食蠃蚌之肉,时多疾病毒伤之害,于是神农乃始教民播种五谷……尝百草之滋味,水泉之甘苦,令民知所辟就。当此之时,一日而遇七十毒。"

神话是无稽的,但令人动容的是一个行医者的投入精神,以及那种人饥己饥、人溺己溺、人病己病的同情。身为一个现代的医生当然不必一天中毒七十余次,但贴近别人的痛苦,体谅别人的忧伤,以一个单纯的"人"的身份,恻然地探看另一个身罹疾病的"人",仍是可贵的。

记得那个"悬壶济世"的故事吗?"市中有老翁卖药,悬一壶于肆头,及市罢,辄跳入壶中,市人莫之见。"——那老人的药事实上应该解释成他自己。孩子们,这世界上不缺乏专家,不缺乏权威,缺乏的是一个"人",一个肯把自己给出去的人。当你们帮助别人时,请记得医药是有时而穷的,唯有不竭的爱能照亮一个受苦的灵魂。古老的医术中不可缺的是"探脉",我深信那样简单的动作里蕴藏着一些神秘的象征意义,你们能否想象用一个医生敏感的指尖去采触另一个人的脉搏的神圣画面?

因此,孩子们,让我们自怵自惕,让我们清醒地推开别人加给我们的金冠,而选择长程的劳瘁。诚如耶稣基督所说:"非以役人,乃役于人。"真正伟人的双手并不浸在甜美的花汁中,它们常忙于处理一片恶臭的脓血。真正伟人的双目并不凝望最翠拔的高峰,它们低俯下来看一个卑微的贫民的病容。孩子们,让别人去享受"人上人"的荣耀,我只祈求你们善尽"人中人"的天职。

我曾认识一个年轻人,多年后我在纽约遇见他,他开过出租车,做过跑堂,试过各式各样的生存手段——他仍在认真地念社会学,而且还在办杂志。一别数年,恍如隔世,但最安慰的是当我们一起走过曼哈顿的市声,他无愧地说:"我抱持着我当年那一点对人的好奇,对人的执着。"其实,不管我们研究什么,可贵仍是那一点点对人的诚意。我们可以用赞叹的手臂拥抱一千条银河,但当那灿烂的光流贴近我们的前胸,其中最动人的音乐仍是一分钟七十二响的雄浑坚实如祭鼓的人类的心跳!孩子们,尽管人类制造了许多邪恶,人体还是天真的可尊敬的奥秘的神迹。生命是壮丽的、强悍的,一个医生不是生命的创造者——他只是协助生命神迹保持其本然秩序的人。孩子们,请记住你们每一天所遇见的不仅是人的"病",也是病的"人",人的眼泪,人的微笑,人的故事,孩子们,这是怎样的权利!

长窗外是软碧的草茵,孩子们,你们的名字浮在我心中,我浮在四壁书香里,书浮在黯红色的古老图书馆里,图书馆浮在无际的紫色花浪间,这是一个美丽的校园。客中的岁月看尽异乡的异景，我所缅怀的仍是台北三月的杜鹃。孩子们，我们不曾有一个古老幽美的校园，我们的校园等待你们的足迹使之成为美丽。

孩子们，求全能者以广大的天心包覆你们，让你们懂得用爱心去托住别人。求造物主给你们内在的丰富，让你们懂得如何去分给别人。某些医生永远只能收到医疗费，我愿你们收到的更多——我愿你们收到别人的感念。

念你们的名字，在乡心隐动的清晨。我知道有一天将有别人念你们的名字，在一片黄沙飞扬的乡村小路上，或者曲折迂回的荒山野岭间，将有人以祈祷的嘴唇，默念你们的名字。

最后的戳记

房间里很拥挤,顺着桌柜往前走,我后面的同学推着我,我也推着前面的同学。我已经过了好几个关口:报到了,填了注册单,并且缴了学费,现在我正把选课卡递了过去,办事小姐抬起头来和我打了个招呼,很亲切地问我:

"都选吗?"

"当然。"我怎能不全选呢?以后我再也没有机会选课了。

我继续往前走,又缴了一些零碎的钱,便开始办借书证的手续,来到最后一个关口查验学生证。我从皮包中取出那精致的小本子,红色的封面虽然经过三年多的时间,依然保持它的鲜艳美丽。我翻开第一面,上面写着我的姓名、籍贯和出生年月日,并贴着我高中时代的照片。那自然弯曲的短发,那看来似乎和什么人赌气的神态,现在都令我怀念不已。而今而后,在人生的舞台上,我再也不会戴这样一张脸谱了。我又翻一页,是记事栏,除了公车处盖过一方"挂失有案"的图案外，便空无所有了。接下去的一页是注册登记栏，上面有八个方格，分成两列，是让注册组盖章用的，每学期注册的时候盖一格，我已经盖满了七个格子，只剩下右下角的一个空格了。我平时很少注意这些琐细事情，今天却在异样的心情下仔细地谛视了一番。这个图章不大。只有两公分见方，刻的是纤细的篆文，以前我为什么不曾注意过呢？为什么到今天我才这样眷恋地看着它呢？为什么到今天我才发现了不同的意义呢？

我想着，竟把伸到柜台上的手缩了回来。

"最后一个章了，"我对自己说，"这是最后一个章了！"

忽然，我感到一种前所未有的悲哀，莫名其妙地有着出去痛哭一场的冲动。茫茫然地，我走出了嘈杂的房间，独自步向校园。早日的阳光照在草地上，那样淡淡的、柔柔的阳光，把景物衬托得肃穆而清丽。我随便择了一处草厚的地方坐下，对着溪水，对着青山，竟一点也得不着宁静，我深深地吸了一口气，把头埋在双臂中，我什么也看不见了，除了那一片草皮，那生长在我足旁的草皮。但我还是看到那红色的小本子，以一种倔强的姿态躺在草上，那红色刺着我的眼、我的心。我禁不住又把它翻开，我又看到那七个印记了。七个精巧的朱红色的印记，在我眼前跳跃着，我的心感到异样的伤痛，我不禁有些恨自己了。真的，何以当别人庆幸自己即将毕业的时候，我却难过起来？

第一个章，我回想起来了，那是三年前的夏天，那充满了兴趣和胆怯的一天，当我接过这本小册子的时候，展布在我面前的是怎样绮丽的远景啊！记得有一句话说："大学就是一个你进去时自以为什么都知道，毕业时才了解自己什么都不知道的地方。"然而那时候，我并不曾觉得自己什么都懂，如今更觉得一无所知了。何以我被安排要走在这条寻索学问的路上呢？这原是一条没有尽头的路啊！

第二个章盖在一九五九的二月里，轻淡地模糊地表示着一片平淡、朦胧而又恬美的生活；第三个章开始，我便在学校里领取自助金和其他奖学金了。回忆起来未始不是一桩艰苦的奋斗，我不止一次地站在布告牌前，仰望自己是否出现在那幸运的名单里。我总是被一大群人挡住了，根本看不到任何名字，大约每次都是别人替我看到的。好几次都有朋友拍着我的肩膀，或拉着我的长发，叫道："恭喜啊，你得到了！什么时候请客呢？"那时我会快乐地流下泪来，我会找到安静的一角，坐下来，感谢那位给了我机会又给了我智慧的天父，也很自然地想到我的父母，以及许多关切我、期望着我成功的人，因而觉得自己到底做了一件对得起人的事。在那有限的金钱中，我领受了无限的快乐。

我用那笔钱来买书，好让许多先哲的思想进入我的心中；我用它来买文具，好让我的思想流入别人的心中；我用它买我自己所喜爱的东西，因为我从来不觉得死守着一份钱财会有什么好处。

此外，剩下的一点数目，我使用它买一些亲友们所喜爱的东西，或是给父亲的一本书，给母亲的一枚胸针，给弟弟妹妹的钢笔、玩具，或是给朋友的生日卡片，因为当笑容从别人面上闪亮的时候，我心头的明镜便也映出快乐的形象。

从那平整的印记中，我仿佛又看到平整的校舍，何等巍峨庄严的一座大楼啊！这是我完成一百六十九个学分的地方！我心怦然，一种肃穆而神圣的思想在我胸中升起，我不知道是哪些人的血汗钱集募起来建造了这所大楼，但我知道，总有那样一批人。我不知道是谁设计出它，谁堆砌成它，但我也知道，总有那样一批人。我，一个没有长处也没有优点的人，上天何其钟爱我，让那么多我所不曾谋面、不知名姓的人，助我完成了学业。是的，这只是七枚小小的印记，但隐含着多少人的爱与关切啊！

我的眼前似乎仍浮着那平整的大楼，大楼的右侧是院长的办公室。好几次我站在他的办公桌前，好像我们不是师生，而是朋友，我们的谈话往往持续到电话铃响了、他不得不和别人答话时为止。在这学校里，我得到了许多大学教本上的知识，更得到了一些书本外的学问。有一位同学说："这是我们的黄金时代！"是的，使我们的日子得以称为黄金时代的，便是这些学者脑中闪烁的智慧！

大楼第三层，靠中央部分的一间房子，便是我的教室。我们班上只有十一个人，上课的时候，我们比庞大的学校或庞大的班

级舒服得多，教授可以征询我们每一个人的意见，我们也可以感觉到自己的存在，以及自己的重要性。逢到上"诗选"时，我们就做对子或联句。那情景不像是上课，倒像是什么诗人大会似的。记得有一次做"秋兴"的诗，有同学吟了一句："飘萍何所托？"教授说："太萧飒了！"我忽然想起一句："傲菊乃相宜。"便对上去了，教授大为高兴。句子虽然谈不上好，却也颇能见志。如果有一天我老了，回忆起少年狂态，这件事当可算作资料之一吧。

  在教室里也有很痛苦的时候，好几次我抱病上课，感到眩晕而惊悸，但我非不得已，绝不请假，一则我不愿意错过任何听讲的机会，二则我太重视出席全勤的那份荣誉。我感谢上帝，他给了我一宗最大的财富——健全的脑子、健全的理性和健全的身体，我从来没有生过比感冒更严重的病，而当我病的时候，他更给我足够的支持力，让我向上的意志不曾仆倒过。

教学大楼的右边是活动中心，在那里我也有着我另一面的绚丽生活。我虽然从小好静，不爱活动，唯一的消遣就是躺在床上看小说或听唱片，但这几年来，我也被强迫地活动了一下，我发觉一个人固然可以从有兴趣的活动中领受益处，却也往往从没有兴趣的活动中得到经验。我曾为社团活动奔走过，疲乏过，抱怨过，但当一切过去了，我仍然成为我的时候，我悟出那"毕竟为别人做了一点事"的快乐。

在图书馆里是最美的时光了，我常在那里读书或写稿，不时停下来看看四壁图书，而兴"生也有涯，知也无涯"的警觉；有时更无所事事地坐着，把玩一朵小野花，看白云从长窗外的蓝天展翼而过，心底涌起无言的喜悦，人生是何等的美，何等的有希望，何等的值得眷恋珍惜！

大楼的正后方，相去百级石梯的地方，耸立着女生宿舍。在风雨的夜里，我未始不觉得它正像一个家。没有事的时候，我总爱坐在桌前向窗外眺望。因为地势高，一带禾田和村落都尽收眼底。我想，如果我是一个教育家，我也要把我的学校建在稻田之前，让学生们自己去发现细嫩的秧苗怎样结出了茁壮的穗子，让他在无言中憬悟出自己应该如何去完成他的学程。村落外有一座不太高的山，看来仿佛伸手可及，曾读摩诘"好倚磐石饭"的句子，总觉得那平平的小山也应该可以搬过来作为餐桌。小山之外，还有好几叠山峰，其中有一座特别秀拔的，常在夕阳的返照下，幻出一片淡紫的霞光，读外文系的辉，竟把它拟作希腊神话中诸神会聚的奥林匹斯山呢！

回想起来，这是多好的生活，一个人若是一生都能过着我这三年多来的生活，真该心满意足了！

我在草上坐着，想着，又快乐，又惭愧，我从别人那里支取了如许之多，现在，当最后一个注册章盖下去的时候，我便被认为是前脚已经跨出校园的"准毕业生"了。我能对这个培养我的社会尽什么责呢？我能对养育我的父母报什么恩呢？我能使看重我的师长如愿吗？我能否站起来，做一个对得起自己的人呢？

草场上的阳光渐渐冷却了，我便拾起那本小册子回到注册处去。

方才拥挤的人潮散去了，房间里很冷清，办事的职员已在收拾杂物，准备离去。我径自走向缴检学生证的地方，踏着稳定的步子。

办事的先生把图章在印泥上搽了一下，从我手里接过学生证，放正了，便按了下去，他在四周压了，又着力在中央部分压了一下，然后才抬起手来，看看那清晰的戳记，满意地微笑了。

"最后一个章呢！"他递还给我，"当然得盖得特别好，你看，八个章，整整齐齐的，多好！"

"是的。"我感激地看他一眼,便再也说不出什么话了。

通往宿舍的路上,两侧开满了杂色的杜鹃,我感到自己心里也有一朵花,在欢欣的希望中慢慢地绽开了。

"我的主,"我抬头望着蓝宝石般的晴空,心里默默地祷告,"但愿在你那本美丽无比的生命册上,我的名字下也盖满了许多整齐而又清晰的戳记,表示你对我完成之事的嘉许,当我走完一生路程的时候,当你为我盖下最后的戳记的时候,求你让我知道,我曾完成一段圆满的人生!"

你不能要求简单的答案

年轻人啊,你问我说:

"你是怎样学会写作的?"

我说:

"你的问题不对,我还没有'学会'写作,我仍然在'学'写作。"

你让步了,说:

"好吧,请告诉我,你是怎么学写作的?"

这一次,你的问题没有错误,我的答案却仍然迟迟不知如何出手,并非我自秘不宣——但是,请想一想,如果你去问一位老兵:

"请告诉我,你是如何学打仗的?"

——请相信我,你所能获致的答案绝对和"驾车十要"或"计算机入口"不同。有些事无法做简单的回答,一个老兵之所以成为老兵,故事很可能要从他十三岁那年和弟弟一齐用门板扛着被日本人炸死的爹娘去埋葬开始，那里有其一生的悲愤郁结，有整个中国近代史的沉痛、伟大和荒谬。不，你不能要求简单的答案，你不能要一个老兵用明白扼要的字眼在你的问卷上做填充题，他不回答则已，如果回答，就必须连着他一生的故事。你必须同时知道他全身的伤疤，知道他的胃溃疡，知道他五十年来朝朝暮暮的豪情与酸楚……

年轻人啊，你真要问我跟写作有关的事吗？我要说的也是：除非我不回答你，要回答，其实也不免要夹上一生啊（虽然一生并未过完）！一生的受苦和欢悦，一生的痴意和决绝忍情，一生的有所得和有所舍。写作这件事无从简单回答，你等于要求我向你述说一生。

两岁半，年轻的五姨教我唱歌，唱着唱着，我就哭了，那歌词是这样的：

"小白菜呀，地里黄呀，两三岁呀，没了娘呀……生个弟弟，比我强呀……弟弟吃面，我喝汤呀……"

我平日少哭，一哭不免惊动妈妈，五姨也慌了，两人追问之下，我哽咽地说出原因：

"好可怜啊，那小白菜，晚娘只给她喝汤，喝汤怎么能喝饱呢？"

这事后来成为家族笑话，常常被母亲拿来复述，我当日大概因为小，对孤儿处境不甚了然，同情的重点全在"弟弟吃面她喝汤"

的层面上,但就这一点,后来我细想之下,才发现已是"写作人"的根本。人人岂能皆成孤儿而后写孤儿?听孤儿的故事,便放声而哭的孩子,也许是比较可以执笔的吧。我当日尚无弟妹,在家中娇宠恣纵,就算逃难,也绝对不肯坐人挑筐。挑筐因一位挑夫可挑前后两箩筐,所以比较便宜。千山迢递,我却只肯坐两人合抬的轿子,也算是一个不乖的小孩了。日后没有变坏,大概全靠那点善于与人认同的性格。所谓"常抱心头一点春,须知世上苦人多"的心情,恐怕是比学问、见解更为重要的人之所以为人的本源。当然它也同时是写作的本源。

七岁，到了柳州，便在那里读小学三年级。读了些什么，一概忘了，只记得那是一座多山多水的城，好吃的柚子堆在浮桥的两侧卖。桥在河上，河在美丽的土地上。整个逃离的途程竟像一场旅行。听爸爸一面算计一面说："你已经走了大半个中国啦！从前的人，一生一世也走不了这许多路的。"小小年纪当时心中也不免陡生豪情侠义。火车在山间蜿蜒，血红的山踯躅开得满眼，小站上有人用小砂甑焖了香肠饭在卖，好吃得令人一世难忘。整个中国的大苦难我并不了然，知道的只是火车穿花而行，轮船破碧疾走，一路懵懵懂懂南行到广州，仿佛也只为到水畔去看珠江大桥，到中山公园去看大象和成天降下祥云千朵的木棉树……

那一番大播迁有多少生离死别，我却因幼小只见山河的壮阔，千里万里的异风异俗。某一夜的山月，某一春的桃林，某一女孩的歌声，某一城垛的黄昏，大人在忧思中不及一见的景致，我却一一铭记在心，乃至一饭一蔬一果，竟也多半不忘。古老民间传说中的天机，每每为童子见到，大约就是因为大人易为思虑所蔽。我当日因为浑然无知，反而直窥入山水的一片清机。山水至今仍是那一砚浓色的墨汁，常容我的笔有所汲饮。

小学三年级，写日记是一个很痛苦的回忆。用毛笔，握紧了写（因为母亲常绕到我背后偷抽毛笔，如果被抽走了，就算握笔不牢，不合格）。七岁的我，哪有什么可写的情节，只好对着墨盒把自己的日子从早到晚一遍遍地再想过。其实，等我长大，真的执笔为文,才发现所写的散文,基本上也类乎日记。也许不是"日记"而是"生记",是一生的记录。一般的人,只有幸"活一生",而创作的人,却能"活两生"。第一度的生活是生活本身;第二度是运用思想再追回它一遍,强迫它复现一遍。萎谢的花不能再艳,磨成粉的石头不能重坚,写作者却能像呼唤亡魂一般把既往的生命唤回,让它有第二次的演出机缘。人类创造文学,想来,目的也即在此吧!我觉得写作是一种无限丰盈的事业,仿佛别人的卷筒里填塞的是一份冰激凌,而我的,是双份,是假日里买一送一的双份冰激凌,丰盈满溢。

也许应该感谢小学老师的,当时为了写日记把日子一寸寸回想再回想的习惯,帮助我有一个内省的深思人生。而常常偷偷来抽笔的母亲,也教会我一件事:不握笔则已,要握,就紧紧地握住,对每一个字负责。

八岁以后,日子变得诡异起来,外婆猝死于心脏病。她一向疼我,但我想起她来却只记得她拿一根筷子、一片铜制钱,用棉花自己捻线来用。外婆从小出身富贵之家,却勤俭得像没隔宿之粮的人。其实五岁那年,我已初识死亡,一向带我的用人在南京因肺炎而死,不知是几"七",家门口铺上炉灰,等着看他的亡魂回不回来,铺炉灰是为了检查他的脚印。我至今几乎还能记起当时的惧怖,以及午夜时分一声声凄厉的狗号。外婆的死,再一次把死亡的剧痛和荒谬呈现给我,我们折着金箔,把它吹成元宝的样子,火光中我不明白一个人为什么可以如此彻底消失了。葬礼的场面奇异诡秘,"死亡"一直是令我恐惧乱怖的主题——我不知该如何面对它。我想,如果没有意识到死亡,人类不会有文学和艺术。我所说的"死亡",其实是广义的,如即聚即散的白云,旋开旋灭的浪花,一张年头鲜艳年尾破败的年画,或是一支心爱的自来水笔,终成破蔽。

文学对我而言,一直是那个挽回的"手势"。果真能挽回吗?大概不能吧!但至少那是个依恋的手势,强烈的手势,照中国人的说法,则是个天地鬼神亦不免为之愀然色变的手势。

读五年级的时候,有个陈老师很奇怪地要我们几个同学来组织一个"绿野"文艺社。我说"奇怪",是因为他不知是有意或无意的,竟然丝毫不拿我们当小孩子看待。他要我们编月刊;要我们在运动会里做记者并印发快报;他要我们写朗诵诗,并且上台表演;他要我们写剧本,而且自导自演。我们在校运会中挂着记者条子跑来跑去的时候,全然忘了自己是个孩子,满以为自己真是个记者了,现在回头去看才觉好笑。我如今也教书,很不容易把学生看作成人,当初陈老师真了不起,他给我们的虽然只是信任而不是赞美,但也够了。我仍记得白底红字的油印刊物印出来之后,我们去一一分派的喜悦。

我间接认识一个名叫安娜的女孩,据说她也爱诗。她要过生日的时候,我打算送她一本《徐志摩诗集》。那一年我初三,零用钱是没有的，钱的来源必须靠"意外"，要买一本十元左右的书因而是件大事。于是我盘算又盘算，决定一物两用。我打算早一个月买来，小心地读，读完了，还可以完好如新地送给她。不料一读之后就舍不得了，而霸占礼物也说不过去，想来想去，只好动手来抄，把喜欢的诗抄下来。这种事，古人常做，复印机发明以后就渐成绝响了。但不可解的是，抄完诗集以后的我整个和抄书以前的我不一样了。把书送掉的时候，我竟然觉得送出去的只是形体，一切的精华早为我所吸取，这以后我欲罢不能地抄起书来，例如：从老师处借来的冰心的《寄小读者》，或者其他散文、诗、小说，都小心地抄在活页纸上。感谢贫穷，感谢匮乏，使我懂得珍惜，我至今仍深信最好的文学资源是来自双目也来自腕底。古代僧人每每刺血抄经，刺血也许不必，但一字一句抄写的经验却是不应该被取代的享受。仿佛玩玉的人，光看玉是不够的，还要放在手上抚触，行家叫"盘玉"。中国文字也充满触觉性，必须一个个放在纸上重新描摹——如果可能，加上吟哦会更好，它的听觉和视觉会一时复苏起来，活力弥弥。当此之际，文字如果写的是花，则枝枝叶叶芬芳可攀；如果写的是骏马，则嘶声在耳，鞍辔光鲜，真可一跃而去。我的少年时代没有电视，没有电动玩具，但我反而因此可以看见希腊神话中赛克公主的绝世美貌，黄河冰川上的千古诗魂……

　　读我能借到的一切书，买我能买到的一切书，抄录我能抄录的一切片段。

刘邦、项羽看见秦始皇出游，便跃跃然有"我也能当皇帝"的念头，我只是在看到一篇好诗好文的时候有"让我也试一下"的冲动。这样一来，只有对不起语文老师了。每每放了学，我穿过密生的大树，时而停下来看一眼枝丫间乱跳的松鼠，一直跑到语文老师的宿舍，递上一首新诗或一阕词，然后怀着等待开奖的心情，第二天再去老师那里听讲评。我平生颇有"老师缘"，回想起来皆非我善于撒娇或逢迎，而在于我老是"找老师的麻烦"。我一向是个麻烦特多的孩子，人家两堂作文课写一篇五百字"节日感言"交差了事，我却抱着本子从上课写到下课，写到放学，写到回家，写到天亮，把一个本子全写完了，写出一篇小说来。老师虽一再被我烦得要死，却也对我终生不忘了。少年之可贵，大约便在于胆敢理直气壮地去麻烦师长，即使有老天爷坐在对面，我也敢连问七八个疑难（经此一番折腾，想来，老天爷也忘不了我），为文之道其实也就是为人之道吧！能坦然求索的人必有所获，那种渴切直言的探求，任谁都要稍稍感动让步的吧！（这位老师名叫钟莲英，后来她去了板桥艺大教书。）

你在信上问我，老是投稿，而又老是遭人退稿，心都灰了，怎么办？

你知道我想怎样回答你吗？如果此刻你站在我面前，如果你真肯接受，我最诚实最直接的回答便是一阵仰天大笑："啊！

哈——哈——哈——哈——哈……"笑什么呢?其实我可以找到不少"现成话"来塞给你做标准答案,诸如"勿气馁"啦,"不懈志"啦,"再接再厉"啦,"失败为成功之母"啦,可是,那不是我想讲的。我想讲的,其实就只是一阵狂笑!

一阵狂笑是笑什么呢?笑你的问题离奇荒谬。

投稿,就该投中吗?天下哪有如此好事?买奖券的人不敢抱怨自己不中,求婚被拒绝的人也不会到处张扬,开工设厂的人也都事先心里有数,这行业是"可能赔也可能赚"的。为什么只有年轻的投稿人理直气壮地要求自己的作品成为铅字?人生的苦难千重,严重得要命的情况也不知要遇上多少次。生意场上、实验室里、外交场合,安详的表面下潜伏着长年的生死之争。每一类的成功者都有其身经百劫的疤痕,而年轻的你却为一篇退稿陷入低潮?

记得大一那年,由于没有钱寄稿(虽然稿件视同印刷品,可以半价——唉,邮局真够意思,没发表的稿子他们也视同印刷品呢!——可惜我当时连这半价邮费也付不出啊),于是每天亲自送稿,每天把一番心血交给门口警卫以后便很不好意思地悄悄走开——我说每天,并没有记错,因为少年的心易感,无一事无一物不可记录成文,每天一篇毫不困难。胡适当年责备少年人"无病呻吟",其实少年在呻吟时未必无病,只因生命资历浅,不知如何把话删削到只剩下"深刻",遭人退稿也是活该。我每天送稿,

因此每天也就可以很准确地收到两天前的退稿,日子竟过得非常有规律起来,投稿和退稿对我而言就像有"动脉"就有"静脉"一般,是合乎自然定律的事情。

那一阵投稿我一无所获——其实,不是这样的,我大有斩获,我学会用无所谓的心情接受退稿。那真是"纯写稿",连发表不发表也不放在心上。

如果看到几篇稿子回航就令你沮丧消沉——年轻人,请听我张狂的大笑吧!一个怕退稿的人可怎么去面对冲锋陷阵的人生呢?退稿的灾难只是一滴水一粒尘的灾难,人生的灾难才叫排山倒海呢!碰到退稿也要沮丧——快别笑死人了!所以说,对我而言,你问我的问题不算"问题",只算"笑话",投稿投不中有什么大不了！如果你连这不算事情的事也发愁，你这一生岂不愁死？

传统中文系的教育很多人视之为写作的毒药，奇怪的是对我而言，它却给了我一些更坚实的基础。文字训诂之学，如果你肯去了解它，其间自有不能不令人动容的中国美学，声韵学亦然。知识本身虽未必有感性，但那份枯索严肃亦如冬日，繁华落尽处自有无限生机。和一些有成就的学者相比，我读的书不算多，但我自信每读一书于我皆有增益。读《论语》，于我竟有不胜低回之致；读史书，更觉页页行行都该标上惊叹号。世上既无一本书能教人完全学会写作，也无一本书完全于写作无益。就连看一本烂书，也算负面教材，也令我怵然自惕，知道自己以后为文万不可如此骄矜昏昧，不知所云。

有一天，在别人的车尾上看到"独身贵族"四个大字，当下失笑，很想在自己车尾上也标上"已婚平民"四个字。其实，人一结婚，便已堕入平民阶级，一旦生子，几乎成了"贱民"，生活中种种烦琐吃力处，只好一肩担了。平民是难有闲暇的，我因而不能有充裕的写作时间，但我也因而了解升斗小民在庸庸碌碌、乏善可陈的生活背后的尊严，我因怀胎和乳养的过程，而能确实怀有"彼亦人子也"的认同态度，我甚至很自然地用一种霸道的母性心情去关爱我们的环境和大地。我人格的成熟是由于我当了母亲，我的写作如果日有臻进，也是基于同样的缘故。

你看,你只问了我一个简单的问题,而我,却为你讲了我的半生。文章千古事,得失寸心知。记得去印度旅行的时候,看到有些小女孩在编丝质地毯,解释者说:必须从幼年就学起,这时她们的指头细柔,可以打最细最精致的结子,有些毯子要花掉一个女孩一生的时间呢!文学的编织也是如此一生一世吧!这世上没有什么不是一生一世的,要做英雄,要做学者,要做诗人,要做情人,所要付出的代价不多不少,只是一生一世,只是生死以之。

我,回答了你的问题吗?

我的脸是给妈妈 Kiss 用的

和能言善道、颇具逻辑观念的"哥哥"比较起来,小女儿晴晴的言语别有一种可爱的稚拙。杜甫"语不惊人死不休"的壮志必须借用苦吟为手段,小女儿却天生是个"语惊四座"的人。

"你的脚是做什么用的?"

"走路用的。"

"你的耳朵是做什么用的?"

"听话用的。"

"我的小脸,"她指着自己蔷薇的两颊,"是给妈妈 Kiss 用的。"

能用我们的身体去爱或被爱是一件多么惊异的美好的事!成人的世界里有太多"功利"观念,我们身体每一部分的功能都被指定标明了。其实,除了打字,上帝所赐的双手不是更该用来握一个穷人的手吗?除了辨味,上帝所赐的舌头不是更应该用以说安慰鼓励人的话吗?除了看书看报,上帝所赐的眼睛不是更应该给受伤者一些关怀的凝注吗?

我喜欢通通

小女孩要出去旅行,她把大大小小、新新旧旧的娃娃装满了一旅行袋。

"不行,"我说,"只准带你最喜欢的——你最喜欢哪一个?"

她把那一个个漂亮的、破烂的、高价买来的,以及别的小朋友玩剩不要的全都检视了一番,忽然宣布说:

"我喜欢通通!"

"什么?你到底喜欢哪一个?"

"我喜欢通通。"她斩钉截铁地说。

美丑和价值是成人世界里的东西,但对一个小女孩而言,爱心可以无所不及。

我终于准许她背着她全部的爱去了。

我不知道怎样回答

有些时候,我不知道怎样回答那些问题,可是……

有一次,经过一家木材店,忽然忍不住为之驻足了。秋阳照在那一片粗糙的木纹上,竟像炒栗子似的爆出一片干燥郁烈的芬芳。我在那样的香味里回到了太古,恍惚可以看到遮天蔽日的原始森林,我看到第一个人类以斧头斫擎天的绿意。一斧下去,木香争先恐后地喷向整片森林,那人几乎为之一振。每一棵树是一瓶久贮的香膏,一经启封,就香得不可收拾。每一痕年轮是一篇古赋,耐得住最仔细的吟读。

店员走过来,问我要买什么木料,我不知怎样回答。我可能愚笨地摇摇头。我要买什么?我什么都不缺,我拥有一街晚秋的阳光,以及免费的沉实浓馥的木香。要快乐,所需要的东西是多么出人意料地少啊!

我七岁那年,在南京念小学。我一直记得我们的校长。二十五年后,我忽然知道她在台北一所五专做校长,便决定去看看她。

校警把我拦住,问我找谁,我回答了他,他又问我找她干什么。我忽然支吾而不知所答,我找她干什么?我怎样使他了解我"不干什么",我只是冲动地想看看二十五年前升旗台上一个亮眼的回忆,我只想把二十五年来还没有忘记的校歌背给她听,并且想问问她当年因为幼小而唱走了音的是什么字——这些都算不算事情呢?

一个人找一个人必须要"有事"吗?我忽然感到悲哀起来。那校警后来还是把我放了进去。我见到我久违了四分之一个世纪的一张脸,我更爱她——因为我自己也已经做了十年的老师,她也非常讶异而快乐,能在久违之余一同活着一同燃烧着,是一件可惊可叹的事。

儿子七岁了,忽然出奇地想建树他自己。有一天,我要他去洗手,他拒绝了。

"我为什么要洗手?"

"洗手可以干净。"

"干净又怎么样?不干净又怎么样?"他抬起调皮的晶亮眼睛。

"干净的小孩才有人喜欢。"

"有人喜欢又怎么样?没有人喜欢又怎么样?"

"有人喜欢将来才能找个女朋友啊!"

"有女朋友又怎么样?没有女朋友又怎么样?"

"有女朋友才能结婚啊!"

"结婚又怎么样?不结婚又怎么样?"

"结婚才能生小娃娃,妈妈才有孙子抱啊!"

"有孙子又怎么样?没有孙子又怎么样?"

我知道他简直为他自己所新发现的句子构造而着迷了,我知道那只是小儿的戏语,但也不由得不感到一阵生命的悲凉。我对他说:

"不怎么样!"

"不怎么样又怎么样?怎么样又怎么样?"

我在瞠目不知所对中感到一种敬意。他在成长,他在强烈地想要建树起他自己的秩序和价值。我感到一种生命深处的震动。

虽然我不知道怎样回答他的问题,虽然我不知道用什么方法使一个小男孩喜欢洗手,但有一件事我们彼此都知道:我仍然爱他,他也仍然爱我,我们之间仍然有无穷的信任和尊敬。

娇女篇
——记小女儿

人世间的匹夫匹妇,一家一计的过日子人家,岂能有大张狂,大得意处?所有的也无非是一粥一饭的温馨、半丝半缕的知足,以及一家骨肉相依的感恩。

女儿的名字叫晴晴,是三十岁那年生的,强说愁的年龄过去了,渐渐喜欢平凡的晴空了。烟雨村路只宜在水墨画里,雨润烟浓只能嵌在宋词的韵律里,居家过日子,还是以响蓝的好天气为宜,女儿就叫了晴晴。

晴晴长到九岁,我们一家去恒春玩。恒春在屏东,屏东犹有我年老的爹娘守着,有桂花、有玉兰花以及海棠花的院落。过一阵子,我就回去一趟。回去无事,无非听爸爸对外孙说:"哎哟,长得这么大了,这小孩,要是在街上碰见,我可不敢认哩!"

那一年,晴晴九岁,我们在佳洛水玩。我到票口去买票,两个孩子在一旁等着,做父亲的一向只顾拨弄他自以为得意的照相机。就在这时候,忽然飞来一只蝴蝶,轻轻巧巧就闯了关,直接飞到闸门里面去了。

"妈妈!妈妈!你快看,那只蝴蝶不买票,它就这样飞进去了!"

我一惊,不得了,这小女孩出口成诗哩!

"快点,快点,你现在讲的话就是诗,快点记下来,我们去投稿。"

她惊奇地看着我,不太肯相信:

"真的?"

"真的。"

诗是一种情缘,该碰上的时候就会碰上,一花一叶,一蝶一浪,都可以轻启某一扇神秘的门。

她当时就抓起笔,写下这样的句子:

我们到佳洛水去玩,

进公园要买票,

大人十块钱,

小孩五块钱,

但是在收票口,

我们却看到一只蝴蝶,

什么票都没有买,

就大模大样地飞进去了。

哼!真不公平!

"这真的是诗哇?"她写好了,仍不太相信。直到九月底,那首诗登在报上的"小诗人王国"上,她终于相信那是一首诗了。

及至寒假,她快十岁了,有天早上,她接到一通电话,接到电话以后她又急着要去邻居家。这件事并不奇怪,怪的是她从邻家回来以后,宣布说邻家玩伴的大姐姐,现在做了某某电视公司儿童节目的助理。那位姐姐要她去找些小朋友来上节目,最好是能歌善舞的。我和她父亲一时目瞪口呆,这小孩什么时候竟被人聘去做"小小制作人"了?更怪的是她居然一副身膺重命的样子,立刻开始筹划,她的程序如下:

一、先拟好一份同学名单,一一打电话。

二、电话里先找同学的爸爸妈妈,问曰:"我要带你的女儿(儿子)去上电视节目,你同不同意?"

三、父母如果同意,再征求同学本人同意。

四、同学同意了,再问他有没有弟弟妹妹可以一起带来?

五、人员齐备了,要他们先到某面包店门口集合,因为那地方目标大,好找。

六、她自己比别人早十五分钟到达集合地。

七、等齐了人,再把他们列队带到我们家来排演,当然啦,导演是由她自己荣任的。

八、约定第二、三次排练时间。

九、带他们到电视台录像,圆满结束,各领一个弹弹球为奖品回家。

那几天,我们亦惊亦喜,她什么时候长得如此大了,办起事来俨然有大将之风,想起《屋顶上的提琴手》里婚礼上的歌词:

这就是我带大的小女孩吗?
这就是那戏耍的小男孩?
什么时候他们竟长大了?
什么时候呀?他们……

想着,想着,万感交集,一时也说不清悲喜。

又有一次,是夜晚,我正在给她到香港小留的父亲写信,她拿着一本地理书来问我:

"妈妈,世界上有没有一条三寸长的溪流?"

小孩的思想真令人惊奇,大概出于不服气吧,为什么书上老是要人背最长的河流、最深的海沟、最高的主峰以及最大的沙漠,为什么没有人理会最短的河流呢?那件事后来也变成了一首诗:

我问妈妈:
"天下有没有三寸长的溪流?"
妈妈正在给爸爸写信,
她抬起头来说:
"有——
就是眼泪在脸上流。"
我说:"不对,不对——溪流的水应该是淡水。"

初冬的晚上,两个孩子都睡了,我收拾他们做完功课的桌子,竟发现一张小小的宣传单,一看之下,不禁大笑起来。后生毕竟是如此可畏,忙叫她父亲来看,这份宣传单内容如下:

你想学打毛线吗?教你钩帽子、围巾、小背心。一个钟头才二元喔!(毛线自备或交钱买随意。)
时间:一至六早上,日下午。
寒假开始。

需者向林质心登记。

这种传单她写了许多份，看样子是广做宣传用的。我们一方面惊讶她的企业精神，一方面也为她的大胆吃惊。她哪里会钩背心，只不过背后有个奶奶，到时候现炒现卖，想来也要令人捏冷汗。这个补习班后来没有办成，现代小女生不爱钩毛线，她也只有自叹无人来续绝学。据她自己说，她这个班是"服务"性质，一小时二元是象征性的学费，因为她是打算"个别教授"的。这点约略可信，因为她如果真想赚钱，背一首绝句我付她四元，一首律诗是八元，余价类推。这样稳当的"背诗薪水"她不拿，偏要去"创业"，唉！

女儿用钱极省，不像哥哥，几百块的邮票一套套地买。她唯一的嗜好是捐款，压岁钱全被她成百成千地捐掉了，每想劝她几句，但劝孩子少做捐款，总说不出口，只好由她。

女儿长得高大红润，在班上是体形方面的头号人物，自命为全班女生的保护人。有哪位男生敢欺负女生，她只要走上前去瞪一眼，那位男生便有泰山压顶之惧。她倒不出手打人，并且一本正经地说：

"我们空手道老师说的，我们不能出手打人，会打得人家受不了的。"

俨然一副名门大派的高手之风，其实，也不过是个"白带级"

的小侠女而已。

她一度官拜文化部长,负责一个"图书柜",成天累得不成人形,因为要为一柜子的书编号,并且负责敦促大家好好读书,又要记得催人还书,以及要求大家按号码放书……

后来她又受命做卫生排长,才发现指挥人扫地擦桌原来也是那么复杂难缠,人人都嫌自己的工作重,她气得要命。有一天我看到饭桌上一包牛奶糖,很觉惊奇,她向来不喜甜食的。她看我挪动她的糖,急得大叫:

"妈妈,别动我的糖呀!那是我自己的钱买的呀!"

"你买糖干什么?"

"买给他们吃的呀,你以为带人好带啊?这是我想了好久才想出来的办法呀!哪一个好好打扫,我就请他吃糖。"

快月考了,桌上又是一包糖。

"这是买给我学生的奖品。"

"你的学生?"

"是呀,老师叫我做××的小老师。"

××的家庭很复杂,那小女孩从小便有种种花招,女儿却对她有百般的耐心,每到考期女儿自己不读书,却累得上气不接下气地教她。

"我跟她说,如果数学考四十五分以上就有一块糖,五十分二块,六十分三块,七十分四块……"

"什么？四十五分也有奖品？"

"哎哟，你不知道，她什么都不会，能考四十分，我就高兴死啦！"

那次月考，她的高足考了二十多分，她仍然赏了糖，她说：

"也算很难得啰！"

我正在聚精会神地看一本书，她走到我面前来：

"我最讨厌人家说我是好学生了！"

我本来不想多理她，只喔了一声，转而想想，不对，我放下书，在灯下看她水蜜桃似的有着细小绒毛的粉脸：

"让我想想，你为什么不喜欢人家叫你'好学生'。哦！我知道了，其实你愿意做好学生的，但是你不喜欢别人强调你是'好学生'，因为有'好学生'，就表示另外有'坏学生'，对不对？可是那些'坏学生'其实并不坏，他们只是功课不好罢了，你不喜欢人家把学生分成两种，你不喜欢在同一个班上有这样的歧视，对不对？"

"答对了！"她脸上掠过被了解的惊喜，以及好心意被窥知的羞赧，语音未落，人已跑跑跳跳到数丈以外去了，毕竟，她仍是个孩子啊！

那天，我正在打长途电话，她匆匆递给我一首诗：

"我在作文课上随便写的啦!"

我停下话题,对女伴说:

我女儿刚送来一首诗,我念给你听,题目是《妈妈的手》:

婴孩时——

妈妈的手是冲牛奶的健将,

我总喊:"奶,奶。"

少年时——

妈妈的手是制便当的巧手,

我总喊:"妈,中午的饭盒带什么?"

青年时——

妈妈的手是找东西的魔术师,

我总喊:"妈,我东西不见啦!"

新娘时——

妈妈的手是奇妙的化妆师,

我总喊:"妈,帮我搽口红。"

中年时——

妈妈的手是轻松的手,

我总喊:"妈,您不要太累了!"

老年时——

妈妈的手是我思想的对象,

我总喊:"谢谢妈妈那双大而平凡的手。"

然后,我的手也将成为另一个孩子思想的对象。

念着念着,只觉哽咽,母女一场,因缘也只在五十年内吧!其间并无可以书之于史、勒之于铭的大事,只是细细琐琐的俗事俗务。但是,俗事也是可以入诗的,俗务也是可以萦人心胸、久而芬芳的。

世路险巇,人生实难,安家置产,也无非等于衔草于老树之巅,结巢于风雨之际。如果真有可得意的,大概止于看见小儿女的成长如小雏鸟张目振翅,渐渐地能跟我们一起盘桓上下,并且渐渐地既能出入青云,亦能纵身人世。所谓得意事,大约如此吧!

贰·诗的容器

「珍重等待」,
却是我们最后的权利。
使心情为之美丽,
使目光为之腾烈的,
其实,只是等待啊!

杨贵妃和她的诗

一个编舞的女子,看见一个年轻的舞者,舞者将编舞者的意念如汲泉一般涓涓引出,那舞姿如凤,如荷,如垂腰探水的嫩柳……

一、全唐两千两百个诗人中的一个

有一套书,叫《全唐诗》,共收了两千两百个诗人的作品,作品的数目多达四万八千首,装订成二十五册。

我深爱此书,所以买了三套,分别放在家里和研究室里,以便随时翻阅。

不过,奇怪的是,我最爱看的,往往不是大诗人如李白、杜甫的诗,而是些无名诗人的诗,他们虽只有一首诗或一句诗传世,但也往往有其特别的意义。

在这两千多个诗人中,有一位最美丽的诗人,她的名字是杨贵妃。杨贵妃是谁？如果去问一百个人，大概一百个人都会回答说，她是古典美人。其中也许有二十个会形容一下，说，她是丰腴的美人。至于能告诉你她死于马嵬坡的，大概只剩下十个了。

根据鲁迅在《阿Q正传》里说的，中国男人本来都可希圣希贤的，不幸却常败在女人手里。所以，对杨贵妃，传统论述中正确的形容词应该是"祸国殃民的妖孽"。

真是这样吗？

文人雅士企图为她找到一点存在的意义，他们找到的大概是艳丽的容颜，受宠之际的得意，死后仍拥有圣上怀念的那份殊荣……至于那些更有想象力的，就把安禄山的开战原因归罪到三角恋情上去，杨贵妃成了异族姐弟恋的女主角了（其实，她几乎被写成母子恋了）。

可是，对我，一个千年后的女性读者而言，她是一个寂寞的女人。任何女人如果身在宫廷，大概都不能不寂寞吧！寂寞，因为她是一个玩偶，她是那么精致的玩偶，一千年以后挪威的易卜生写《玩偶之家》，不意竟把贵妃的一生一语道破了。

二、玄玉的不伦之恋

历代的男性文人，不管是陈鸿，是白居易，是白朴还是洪昇（他们分别写下《长恨歌传》《长恨歌》《梧桐雨》和《长生殿》），都努力忽略史实，把唐玄宗和杨玉环写成一对恩爱情侣。

可是，对我而言，这真是一段"始乱""终弃"的"不美丽的错误"。所谓始乱，指的是唐玄宗看上的是自己的儿媳妇，便从寿王李瑁身边抢了杨玉环，再借出家漂白一下，重新入宫。这种"不伦之恋"其罪恶的程度比帕里斯王子拐带美女海伦要严重得多了。"朋友妻，不可欺"，但更复杂的是"儿子妻，怎可欺"？

对于这种罪恶，古人有个"专用词"，叫"爬灰"（爬灰是个俗语，爬在灰上则污膝，而污膝和污媳同音）。任何事情如果有"专用语"，大概都不算太少见。但发生在君王身上比较特别不可原谅，毕竟，他是拥有"后宫佳丽三千人"的男子啊！

当然，如果一定要我接受这份恋情，也可以，你必须让我相信，李隆基爱上了古往今来唯一令他相知相契的女子。没有这女子，他的生命顿失意义，他要跟这女子生同衾死同穴，我们姑且用坚贞深厚的爱情去宽贷违反伦常的失德。

三、唐明皇，不及格的情人

但麻烦的是，考验来了，美人死了，死于暴军。以当时情势言，皇上大约真的是救她不了啦！但即令如此，男人也绝无独自活下去的借口。李隆基如果不能保护这位比他年轻三十四岁的女子，照爱情法则来说，那么唯一的选择就是用身体挡住弩箭，成为美人的盾牌,让两人壮烈地死在一起。

虞姬死了,楚霸王却活着,那还成话吗?林黛玉死了,贾宝玉也注定非出家不可。《泰坦尼克号》电影中死掉的那一个当然必须是男孩杰克。

所以说,李隆基等于犯了两重罪,一是道德叛徒,二是爱情叛徒。

假如抛开这两件坏事不谈,一定要找出他的优点,我想,我可以欣赏一下他对音乐的品味,在《羯鼓录》中有这样的记载:

明皇尤爱羯鼓玉笛,云八音之领袖。时春雨始晴,景色明丽,帝曰:"对此岂可不与他判断!"命取羯鼓,临轩纵击,曲名《春光好》。回顾柳杏,皆已微坼。上曰:"此一事不唤我作天工,可乎?"

据载,这就是词牌《春光好》的来源。

故事中的杨玉环其实我们对她全然不知,只知道她是美人。至于她的谈吐,她的眉目,她的渴望,乃至她爱用的香料,我们一概无法想象。相较之下,汉代梁冀的妻子孙寿倒令我印象深刻,她虽是"美丽坏女人",但她对美的品味却复绝千古,叫人神往。

四、一首诗中的情谊

对于杨玉环,如果我还知道她一点点癖性的话,那,应该就是她爱吃荔枝了。荔枝肥腴晶剔,有着热带水果的艳红、香馥和甜蜜,是天真小女孩最爱的果实吧!当然,也许那其间还包含"出难题来考验情人"的喜悦。而荔枝,后来果真用传达战况一般的速度传到京城来了。

因为贵妃的数据是那么少,所以我在《全唐诗》中找到她仅有的一首诗,不免益觉宝贵。她的这首诗是赠给人的,这本不稀奇,古人写诗,几乎有一半是为朋友写的,但杨玉环的诗是写给谁的呢?是写给那老头子情人唐明皇吗?不是(同样的,唐明皇也没有诗留给贵妃)。是写给前任丈夫李瑁吗?也不是。原来她是写给一位宫女的,宫女的名字叫张云容,是贵妃的侍儿。这名字看来不像宫女的本名,可能是她的主人贵妃为她取的。灵感则可能从李白的诗句"云想衣裳花想容"得来。(贾宝玉不是也为他姓花的丫鬟取了个"袭人"这样诗意的名字吗?)

《全唐诗》里记录张云容在贵妃和明皇同去绣岭宫的时候也一起去了。绣岭宫即华清宫,用今人的话来说,就是他们去度假,去泡温泉,去SPA了。这种时候想来从人不多,能够一起去的人其身份和地位必然很特殊。换言之,杨贵妃是唐明皇所宠幸的,但杨贵妃也有她自己宠幸的人,便是张云容,杨贵妃的诗便是在华清宫度假时写来送她的。

贵妃因美貌而受宠，张云容因何而受宠呢？张云容善舞，她和杨贵妃的关系是"编舞人和舞者"。戏剧家（如洪昇）可能把舞蹈的动作安到杨贵妃身上，以求戏剧化的效果。其实，姑不论贵妃的年龄和体态是否适合跳霓裳羽衣舞，就算适合，以娘娘之尊也未必去跳，能有个十几二十岁的年轻女子为她起舞，怎能不令她爱煞。

这样的旋转，这样的折腰，这样的飞腾，这样的趑趄进退，以及那些雪藕之臂或蜻蜓之颈，千灯齐燃的回眸或万艳同凋而哀婉落地的委屈……

年轻的肌肤，弹性的四肢，贵妃看张云容，如看自己从鸿蒙中唤回来的青春的幻象。

《全唐诗》中，这首诗是这样写的：

罗袖动香香不已，
红蕖袅袅秋烟里。
轻云岭上乍摇风，
嫩柳池边初拂水。

其中红蕖是红荷花的意思，袅袅通于裊裊。贵妃，这惯于被他人赞颂的美人，此刻，却在赞颂别人。从诗里，我们看不出张云容的五官面目，她想来不丑（否则很难入宫）。但似乎也并无绝世美貌，上帝的法则很少把几样好东西一股脑加在同一个人身上。

贵妃盛赞的是，张云容远观如轻烟中的红荷，近前来则衣袖中仿佛藏着一艘远方归航的香料船，香味倾泻而出。她又且是山顶上吹云的风，是池塘边嫩黄的新柳，明明自己还柔弱似丝，却偏偏敢去搅乱一池的水……

男女的情爱或者也有恩断义绝之时，社稷宗庙是女子永远打不倒的对手。但歌舞一事，自能留下人世凄绝美绝的一刹，果能拥有这一刹，尘寰种种，也就可以不争了。

大唐盛世，开元天宝，贪嗔痴狂，终不免弦寂管灭，魂断香销……唯贵妃娘娘留下的一首诗里有几分温煦：一个编舞的女子，看见一个年轻的舞者，舞者将编舞者的意念如汲泉一般涓涓引出，那舞姿如风，如荷，如垂腰探水的嫩柳……

李贺和他家的外劳

李贺是中晚唐之际的诗人，是个连李商隐也佩服疼惜的鬼才。清朝的孙洙（蘅塘退士）是个正人君子，他大概不喜欢这位只活了二十七岁（用现在的算法是二十六岁），诗作也仅只二百首的怪诗人，所以他所选的《唐诗三百首》里对李贺就不闻不问，仿佛世间没有此号人物，李贺竟一首也没入选（照我看，至少该选他五首）。不过《唐诗三百首》算什么？李贺才是自足千古的才人。只可惜《唐诗三百首》太流行，一般人竟不知另有《全唐诗》（包括两千两百余位作者，四万八千九百余首作品，康熙年间编的），也不知李贺其人。

李贺的诗，文字艳魅诡异，思路飘忽险怪，令人一读难忘。他的句子如"东关酸风射眸子"，用现在的话说，真是十分"感觉派"，对二十世纪六十年代的台湾文学不无影响。至于像下面的段落，年轻时读来竟每每要流泪：

飞光飞光，劝尔一杯酒。

吾不识青天高，黄地厚。

唯见月寒日暖，来煎人寿。

最近忽然很想找他的《南园十三首》来读，南，是阳光的方向，他在南园中也不免有了几分田园诗人的情操，看来可爱正常多了。十三首里我最喜欢第三首的两句如下：

桃胶迎夏香琥珀，

自课越佣能种瓜。

但"桃胶"又是什么呢？

原来桃树在春天，树的体液流布最旺炽的时候，你去砍一下桃树，就会有树汁流出，树汁凝结，就会变成一块半透明的固体，这固体就叫桃胶，既像松脂，又像琥珀，也可做药用。

至于下面那一句就更好玩了，原来在唐朝，李贺家就已经用了"外劳"了。当然啦，"越"字有点难解，越，近而言之，可以是浙江绍兴一带，远而言之，也可以是江西、福建或广东、广西、贵州，总之那一带统称"百越之人"。至于今日之"越南"，那已是"比百越更南"之处，类同于《海角七号》中唱的《国境之南》——的更南方。

"越佣"不完全等于"外劳","越佣"约略等于"边劳"(应该说从政治版图看,是边劳;从族群意识说,是外劳)。看来这位越佣有点傻愣,要靠李贺的补习和调教,渐渐变得有点能干起来,终于有了农业技术,知道怎样种瓜了。

李贺生平最出名的画面,便是李商隐所记的:

背后跟着一个小奴,身上背着一个破旧的古锦囊,行行止止,把瞬间灵感记录下来,投在囊里。黄昏回家,居然一大堆,李妈妈不禁心痛,知道这孩子将来要心肝呕尽。

这故事里也有一个小奴,这个小奴很有可能就是那个"越佣",古人士大夫常有用人,但用人也分等级,有钱有势的人用的是"健仆",没钱没势的用的是小童。李贺是后者,大概用不起两名用人,所以这位从远方来就业的孩子大概既得是"创作助理",陪主人一起寻找灵感,又得是"农业技士",学着种出瓜来。好在李贺家穷(虽然出身贵族),穷到只剩"一亩蒿硗田",农作物也种不了许多,应该不致太累。

唉,一样读诗,我怎么就没去写论文,反而一直忘不了那位"越佣"。李贺既称他为"越佣",我猜,他的"越"成分大概十分明显。他可能是广西人吗?他可能是壮族或侗族吗?或者是福建的畲族?汉人自大,一向不太想弄清楚别族的体系,管你什么外国,一概是洋人,管你什么苗瑶,一概是蛮夷。管你什么越,一概是"百越"。

李贺早岁丧父,所以他除了做诗人,也是要撑持家计的,李贺的诗集身后问世,为他写序的杜牧真该为他赘上一句卷头语:

此诗集之得问世,须感谢李家越佣之分忧解劳。

薛蟠和他的泰国料理生日宴

薛蟠是谁？

这年头，知道薛大爷的人大概不多，我且来解释一下，他是小说《红楼梦》里的人物，只算配角，他的妹妹比较有名，叫薛宝钗。故事快结尾时她嫁给了贾宝玉，所以，薛蟠算是主角贾宝玉的大舅子。不过他俩本来就是表兄弟。薛蟠早岁丧父失于管教，成了不学无术仗财欺人的坏孩子，好在城府不深，还保留几分天真和直肠子，也算难得了。

薛家既有钱又加上没爸爸，儿子乐得逍遥自在。《红楼梦》二十六回薛蟠五月三日过生日，前一日便有贾政身边的清客送上好菜，于是薛蟠就来找贾宝玉去品尝，薛家是金陵世家，什么好东西大概都不看在眼里，所以要送上与众不同的东西也须煞费苦心。其中有二位，老胡和老程，就找到了四样稀罕东西来呈献：

第一，极粗大肥硕的当令鲜嫩脆藕。（想来当然是生吃的）

第二，极大的西瓜。（不知是长形还是圆形，红瓤、白瓤还是黄瓤？）

第三，用香料（灵柏香）熏过的泰国（暹罗）猪。

第四，用香料熏过的鱼。（不知是不是也用泰国鱼？）

其中第三、四两样，照薛蟠说：

"不过贵而难得。"

他比较惊喜的是居然有人能种出那么超大的莲藕和西瓜，那期间想来有些高明的农业改良的技术。可惜薛蟠没什么好言语来形容，他只会用手比，而曹雪芹又不想告诉我们他的手比得有多大。

但我读二十六回最感兴趣的还是那句"暹罗国进贡的灵柏香熏的暹罗猪、鱼"。原来远在三百年前，薛蟠就已经吃到泰式料理了，而且还是进贡的。进贡的东西怎么跑到贾府清客老胡、老程手里？皇帝贡物吃不完赐给群臣倒是有的，却也分不到老胡、老程这种外围人物家里。薛蟠说"贵而难得"，难道皇家的东西也作兴外卖求现吗？或者说"泰国香料、泰国做法、泰国猪种"的这种新式食物立刻有人仿制了，并在市面上卖起来？

根据《大清一统志》"暹罗"条来看，自乾隆十四年（1749）起，暹罗每三年一贡，所以暹罗来进贡猪应该是确有其事的。

但暹罗猪和中华猪有何不同？这个学问就不是我可以瞎掰的了。但我去年曾赴泰北参观晨曦会戒毒中心的养猪农场，只觉那猪长得极为矫健漂亮，毛是深棕色的且发亮，身体平直而不臃肿，看来比较精瘦。至于和泰国相近的马来西亚，三十年前去吃他们驰名的"肉骨茶"，吃到的常是野猎来的山猪肉（近年来就吃不到了），泰国在三百年前会不会用野猪肉来进贡？或者亦有可能。但山猪肉粗硬，宜炖不宜熏烤，所以进贡的暹罗猪可能仍是家养的猪。有趣的是《红楼梦》中有一处记录乌进孝其人来送礼，租户送来的礼物单上就有"暹猪二十个"。农民的暹猪是直接从泰国进货的，还是自己在中国土地上养的泰裔"移民猪的后代"令人有无穷想象。而那时代的人居然心腹皆开放，"口味也挺国际化"的，真不可小觑古人呢！

中学时代读《红楼梦》，居然有时心急到跳着读，因为只想知道宝黛两人的恋情怎么样了，其他都来不及注目了。成年后一遍遍再读，才慢慢知道其间情味。

古人其实活得比我们想象得更复杂而有趣，薛蟠的生日宴居然是泰式料理，身为现代人，可以狂妄自大的理由又少了一项。

人日

一年三百六十五天,其中不免有些是节日。说到节日,就立刻有民族之分。天下各族,有人爱泼水节,有人爱对着月亮吃甜饼,有人爱叫小孩晚上扮鬼去讨糖吃……

我要说的是,有个民族定了一天叫"人日"。"人日"?是"人权日"吗?不是,没那么正经八百,就只是"人的日子"。"人日"是哪一天呢?是农历正月初七,刚过完年,第七天。哦,你大概知道了,这是中国古老的节日。但是,为什么我不说它是汉人的节日呢?因为我对它的"汉成分"有点怀疑,它的资料见于《荆楚岁时记》,听起来不是"高尚黄河流域"的产物,比较是属于"新兴长江流域南蛮子"的勾当。此书写于五六世纪间,作者宗懔本身虽是河南人,却以"外省人"的身份住在湖北,那是北人南走的时代,他兴味盎然地记录"人日"这一天的民间活动:

第一,把七种青菜煮成蔬菜汤。

第二，用剪刀剪丝绸为人形，用小刀镂金箔为人形贴在屏风上为装饰。

第三，这些装饰也可以戴在头上。

第四，做些"华胜"彼此相赠。"华胜"等于"花胜"，其实也等于"人胜"，温庭筠在《花间词》的第二首词便有"人胜参差剪"之句。

第五，登高赋诗。

这个风俗，唐人宋人诗中常提起，宋代学者和清代学者也一再提起，这个属于南方族群的节日看来已纳入全体华人体系。我喜欢这个节日的另一个理由是"人日"不是孤零零的日子，它和其他节日合起来变成了"节庆季"，其节庆次序如下：第一天是鸡日，第二天以后分别是狗、猪、羊、牛、马、人日，这种安排简直有点像是为家庭农场设计的，每天都有一种动物跳出来做节日主角，真是聪明的构想。另有一说是，这些日子多加一天，第八天属于植物，叫谷日——这样说来，整个新年期间，把重要的动物、植物都搬上场了。人类不管多了不起，在新年节庆里他也只是七分之一或八分之一的分量罢了。

这种安置手法简直和《圣经·创世记》类似，第一日（今以星期日象喻）造光源，第二天以后分别是空气、水陆、植物、日月星辰，以及飞鸢跃鱼以及昆虫野兽，而最后一天，星期六，上帝创造了休息。……而人，是最后么儿，比其他生物来得晚，我们是"万物之一",而不是"万物之灵"。

在众多的人日歌吟中李商隐的极写实,"镂金作胜传荆俗,翦彩为人起晋风"。苏东坡的"七种共挑人日菜,千枝先剪上元灯"也十分扣住主题。张继的"人日兼春日,长怀复短怀。遥知双彩胜,并在一金钗"也颇令人对远方幽居的美人有诸多想象。但最令我动容的还是诗人高适寄给诗人杜甫的《人日诗》,那时杜甫逃难住成都,高适在蜀州任刺史,他寄杜甫的诗(三之一)如下:

人日题诗寄草堂,
遥怜故人思故乡。
柳条弄色不忍见,
梅花满枝空断肠。

许多年后,高适去世,杜甫收拾旧文物,忽然拣出这首好久以来没找到的诗,当下不胜依依,也作三首追酬高适,其中第一首如下:

自蒙蜀州人日作,
不意清诗久零落。
今晨散帙眼忽开,
迸泪幽吟事如昨。

就在那年冬天，杜甫也走了，留下的是诗，以及诗人和诗人之间的情谊。

如果我是个有权力的人，我会请台湾地区行政管理机构负责人订个"人日"节，如果我权力更大，我会要求全世界的人都来过此节。当天吃七种青菜，登高赋诗，剪漂亮的彩色或金色的人形，并且，十分高兴地想起：

"啊呀，今天是人日——而我，我真的是个人哦！"

送你一个字
——给一个常在旅途上的女子

莹：

"行"是一个美丽的字,我想把它送给你,顺便也想戏称你一声"行者"。行者不免令人联想到孙悟空,不过,我要说的行者就只简单地指"行路之人"。

远在汉代,文字学家许慎在为文字分类的时候,就把汉字分成了五百四十个部首,其中有一个赫然便是"行"。换句话说,"行"是我们生活中的大项目,大到足以成为一个部首,就像水、火、土、鸟、田……都是大项目一般。那时代真好玩,仿佛在许慎的归纳下,老百姓全然在这五百四十个部首里活着,在这五百四十个项目下进行其生老病死。当然,至今我们要到字典里去"抓字"的时候,正规的抓法还是查部首。宇宙虽大,物象虽繁,却都乖乖各自待在它所从属的部首里,就算科学家新掏掘出了一些新玩意,一样可以收编为"铀"或"镭"或"氢"或"氧"……

但"行"不是被收编的,它是部首级的字,它有其完整自足的意义,它收编别人。

"行"是什么意思呢?

有趣的是,许慎虽比我们早生两千年,但他只懂小篆,旁及大篆,对那批早于汉代大约一千五百年的甲骨文他竟无缘得识。反而是我们二十世纪以后的后生小子,有幸隔着博物馆的玻璃,去亲眼见识到那些三千五百年前的骨片,更能在印刷精美的书页上把玩那遒劲的一笔一画。

"行"字在甲骨文时代是长成这个样子的:

这又是什么意思呢?

啊!简单地说,它就是十字路口。更有意思的是,这四条通衢大道全都没有收口。明摆着"一径入天涯"的迢遥途程。这和数学上的象限不同。象限是四个区块,四个区块其实仍然只是四个辖地。但"行"却是四个方向,它可南可北可东可西,它是大地之上成带状的无限可能。它又酷似十字架,但十字架是有封口的,十字架是古往今来的纵线加上左舒右展的横线,然后在其上钉下一具牺牲者的肉体。而"行"是释放了的十字架,供凡人如你我可以得其救赎,因而可以大踏步地去冲州撞府,可以去披星戴月,可以在重关复隩,在山不穷水不尽的后土上放牧自我。

以上是"行"的第一定义。

而"行"还有第二定义,下定义的是许慎,在他的《说文解字》里,行字成了"彳"和"亍"的结合。彳和亍可以解释作左脚和右脚的交互前行,也可以解释作"行"加上"止"的旅人轨迹——我比较喜欢后面这个定义。

相较之下,甲骨文时代的行是名词,是无限江山。而小篆中的行是动词,是千里行脚。两者都跟你有关,因为你是那健康自信美丽高挑的女子,你是穿阡越陌,在里巷中又行又止的人。好的旅行家,如你,是亦行亦止的,因为只有"行",才能去到远方,只有"止",才能凝神倾听,才能涣然了解,才能勃然动容,然后,才有琐细入微的记忆和娓娓道来的缕述。

很高兴你今又有远行,很佩服你一再出发。于我,因为方历大劫,一时尚在休养生息,但是倒也无妨于出入唐、宋,游走晋、魏,在历史中徜徉。所以,朋友啊,容许我小里小气,把刚才分明已经赠送给你的"行"字,也拿回来回赠给自己吧!

坡丘的联想
——观杨桂娟《山与狗》之舞和舞台

圆融柔和却又暗自骚动

（颜氏女）"祷于尼丘得孔子。"

——司马迁《史记·孔子世家》第十七

"丘，土之高也，非人所为也。"

——《说文解字》

幕启的时候，舞台正后方是一整片坡地。那小小的丘陵，记忆中是乡下五六岁大的孩子可以一口气冲到顶端的那种。

啊，小丘。

我为那无端的小小的突出而感动，它像女性身体中柔和的乳房，如湖波微泛的初孕的小腹，像年轻的阴阜，丰隆沃腴。

舞台上，如果演戏，常用的变化是平台（platform），平台是直线，刚截方正，条理厘然，应该划归为男性样貌。而这舞台却设计了这座小丘，小丘圆融柔和却又暗自骚动，分明是女性的性格和情绪。

仿佛时间仍是太古，茫茫漠漠的大地刚刚发生了地震，神话中的土牛拱起它的背脊，地壳在一阵运动后，就有那么一块泥土傲然隆起。并不打算去做岭做峰，只是想稍稍隆起，隆起，便是完成自己的记忆。

历史上，第一个和丘有关的女子是颜氏徵在。她与年老的孔父结合，她对自己的受孕和生产全然没有把握，于是，她祈祷。她不曾面向高大直矗的泰山，那是历代帝王封禅受命之地，而她只是卑微的女子，她来到尼丘之前，虔诚膜拜。小小的草坡，斜斜的角度，顺着斜坡望上去便是蓝天，颜氏徵在便于这里向天地神明索取一个孩子（像树，索求花和果，像夜空，索取星光）。而上天给她的超过了她所求所想的，上天不但给了她一个孩子，也给了她一个圣人。

而此刻，舞台上的女子斜刺里冲上去的，便是那同样的坡度吗？祈祷的女子颜氏徵在，也是面对这样的坡度吧！

有了坡度，舞台立刻比平面多了一些面积，舞台不再只是水平面，它也有了垂直面。但不是九十度的垂直，垂直太严峻，像法律。坡是三十度，或是十五度，坡是随缘自在，坡是嬉戏的滑梯，坡是个轻易上得去也下得来的地方。

仿佛有一条看不见的河水在流,所有的河不都是这样流过斜坡和小丘吗?

舞者御风,从坡上翻滚而下,如同孩子,嬉玩在斜斜麦秆垛子上,那麦垛柔软的角度容得下每个童子张臂溜下,载着惊悚和喜悦,笑声和叫声。

是皈依,是祝福,也是天恩

作为一个女子,如果要我指出中国近一千年来最可爱的男子,毫无疑义的,我会说,苏东坡(而且,这样儒雅旷达的男子,以后,也不会有了)。而,这个人,他的名字里,便有个坡字。

《宋史》里记载:

> 轼与田父野老,相从溪山间,筑室于东坡,自号"东坡居士"。

这片东方坡地,是在黄州,黄州是湖北的穷乡僻壤,然而苏轼却在此地定了他的字号,这广为后人传诵的字号(附带一提的是,像"东坡肉"这种美食,也是在黄州实验成功的,《寒食帖》这样的好字,也是在这里书写的)。

在这个字号里,诗人对自己没有崇高的希望,没有希圣希贤的大志,只有简单的白描,描述一个人——也许是农人——生活在一片大地上,一片有些坡度的大地上。

是的,且不管才子不才子,他只愿承认自己是一个人,一个乖乖去依傍土地的人,一个站在不值钱的坡丘上的人,一个与土地共生的人。

有人认为苏轼的"东坡"是源自于唐人白居易的"东坡",白居易在忠州(今重庆忠县)为刺史时,曾买树苗到城东山坡上去栽种,不料这一种不得了,竟种出爱意和流连来了,他在多首诗里曾一再记录他和东边坡地的感情:

1. 持钱买花树,城东坡上栽。
2. 东坡春日暮,树木今何如。
3. 朝上东坡步,夕上东坡步,东坡何所爱,爱此新成树。
4. 何处殷勤重回首,东坡桃李种新成。

台上的舞者,未必闲知大诗人白居易的花树之坡,或苏东坡的平居之坡,他们只是那样自然地暗相扣合,扣合于生命的基本需求。他们无非想皈依,像信徒皈依宗教,他们都皈依了像女体一样柔和起伏的坡丘。

"坡"字暗含着人世的艰辛,所谓"地无三尺平"其实便是贫穷的"人无三两银"的等义词。坡丘之地是不利耕作的,平原才是丰饶的。但如果换个角度想,在团团如一粒青柚的地球上,每一原野,每一汪洋,都只由弧度构成,地平面和海平面都是概念中的字眼。就实质而言,这球表之上"何处不坡"啊!

所以,那不利耕作的坡丘其实格外是上天的祝福,大地既是地母,怎可只有一副平平板板的身骨?那些丘陵和坡谷其实正是森林的故乡,鱼鸟百兽的渊薮呢!

奔冲而上,俯冲而下,舞者一遍遍追逐嬉戏。方其上扬,如清风之飘举;方其滑坠,如急涧之跳脱灵动。

从几何学上看,坡丘是膨胀,是在同样的平面面积上造成的扩张,是无端多出来的天恩。

啊,愿舞台上的舞者各有其奔逐雀跃的坡丘。如颜氏徵在,有她祈祷的坡丘。如白居易,有他造林的坡丘。如苏东坡,有他安身立命并以之自我命名的坡丘。

等待春天的八十一道笔画

朋友从远方寄来一张照片,中间假手一个女孩,女孩转交我时,说:

"我不知道这寄来的是什么玩意,只觉得是个蛮好的东西,很有意思,它到底是什么呢?"

这件事,说来话长——

那位朋友住北京,一度入故宫做事,看到了宫中一张"消寒图",便把它照了下来,他现在送我的,便是这消寒图的照片。

消寒图正式的名字叫"九九消寒图"。少年时读张爱玲的《秧歌》,内有一段写男主角金根在暴政的压力下想去典当棉被做赌本,万一赢了,便能苟活下去。女主角月香抵死不肯,两人扯拉棉被,月香叫了一句:

"这数九寒天……"

数九寒天是什么意思?在台湾长大的我完全不能体会。

长大以后懂得去查书了，知道从冬至日算起，叫"入九"，待九九八十一天以后"出九"，便算是春日了。

我初逢那北京的朋友便在去年的数九寒天。我把所有的冬衣一股脑儿全裹在身上，圆滚滚的像是又恢复了童年。像是随时可以把自己当一枚大雪球来滚。

"一九二九不出手，"他念北京人的歌谣给我听。

"三九四九冰（或作凌）上走。"

咦？蛮好听的嘛！

"五九六九沿河看柳。"

"七九河开。"

我听呆了。

"八九雁来。"

哇！大雁回头了！

"九九杨落地。"

我的一颗悬着的心也安然落了地。

听他念着如歌的行板，我的心里急急地跟着念。不仅因为歌谣的好听韵律，而是因为他慎重恭谨的记忆。北京就是北京，数九寒天总是不变的歌谣，大可以一代复一代地传唱下去。

对那一代一代的人来说，岁月是如此诚正可信，童叟无欺，虽然一九二九天已冷得伸不出手来，虽然三九四九河水都冻实了，人在冰上行走。但一到五九六九，柳树的青眼便蒙然欲睁。最动人的是，一数到七九，宇宙的呼吸便骤然加快，七九和八九不是一起念的，因为节奏太快，七九必须单独一句，八九和九九也是单独另外一句，啊，七九河开，啊，河开之际，大约略如蜷蜒的巨龙在翻身欠腰，骨节舒张，格格作响，一时如千枚水雷乍爆，啊，"七九河开"后面如果有标点符号，应该便是惊叹号"！"八九雁来也极为动人，仿佛那群大雁是听到大河解冻才赶来试试它们那善于拨水的红桨似的。终于，九九到了，九九杨落地，杨花飘棉，是张先词中"中庭月色正清明，无数杨花过无影"的透明游戏，世上竟有在月下观之透明而失去色相的花，这花看来像幽灵，令人疑真疑幻。九九杨落地，那长长一冬提着的心吊着的胆也都放了下来，从此，便是春天了。

话说那些宫中的女子，平日就已类似囚徒，此时又被严冬禁锢，不免变成双重犯人。身为犯人唯一的出路大概便是苦中作乐吧！

据说北欧地面虽然物阜民丰，但冬日过长，日照不足，居民纷纷害上沮丧症，忍不住想去自杀。近年来有医生发明大型日光屏幕，患者只需每天对着人造日光，面壁而坐，自能恢复求生欲。此事听来令人称奇，这北欧人不但太容易得想死的病，而且真太容易痊愈。《帝京景物略》（明人刘侗于奕正合撰）曾记录一段美丽的"解决寒冷的方案"，其办法如下：

"日冬至，画素梅一枝，为瓣八十有一，日染一瓣，瓣尽而九九出，则春深矣，曰九九消寒图。"

《清稗类钞》上有另外一个方法，和前面的记载相比较，前面那则是"画"法，清宫中另有一种"写"法。那办法是这样的，据说清宣宗御制了一个句子：

"亭前垂柳，珍重待春风。"

如果以诗词意境讨论它，这句子顶多只能得个中上，绝对不是什么上上佳句。但如果仔细探究，原来句中每个字都是九笔构成的，光是这一点，也就不容易了。

说来丢脸，有一天，我一时兴起，想想，这有何难，我也来写它一句九字诗，每个字也都九笔，不料居然凑来凑去就是凑不稳当。每想出一个好句子，句子里便有八画或十画的字出现，后来勉强写出一句"幽红映流泉，奔眉赴面"，回头一看，还是比不上清宣宗的那句简朴大方。不得已，只好饶了自己。

这样一幅字，用"双勾"的方法写成，（所谓双勾，就是把字的轮廓沿边勾画出来，中间留白），贴在墙上，宫中女子，每过一天，便用黑墨填它一笔。每个字填九天，九个字填九九八十一天。八十一天填满后便是春天。

根据书上的记录，这工作是由"南书房翰林"做的，做的时候要在每一笔旁边标明阴晴风雨,但我那位北京朋友却说是小太监小宫女涂的。我想想,觉得两说皆可采信,这种消寒图人人皆可挂一幅,翰林虽是有学问的贤者,但在一天天等待消磨苦寒岁月的这件事上,他的焦虑和期待,与小宫女小太监还不是一模一样毫无分别。

我问我自己,究竟爱明朝人染花瓣的方法?还是爱清朝人描双勾字的方法?啊!如果可能,我两种消寒图都要。前者备些胭脂,淡淡地染它九九八十一瓣蜡梅。冬雪照窗之际,那漫天的雪大概也搞不清这株梅是土里长的还是纸上开的吧。至于那九个字,一笔笔端稳秾丽,隐含风雷。每天早晨浓浓地涂它一点或一横,一竖或一钩,久而久之,饱笔酣墨,就这样一撇一捺间,也就给我偷填出一天春色来了。诗句上方有"管城春色(或作满)"四字,"管"是指毛笔的竹竿,"管城"便是毛笔所统辖的领域。原来春天是用一支笔迎来的,不管世界多冷,运笔的动作竟能酝酿春色。

我想,用这个方法治疗"严冬沮丧症"应该比日光灯疗法好玩多了。

看在这一点上,我改变主意,承认"亭前垂柳,珍重待春风"是一句好得不能再好的诗,不是因为诗好,是人和诗之间的心情好。

这诗虽说是宣宗御制的,但每个填写它的宫女,从第一个字"亭"的第一笔那个"、"开始,一笔笔填写下去,到后来难免觉得整句诗都是自己完成的。

看起来，不论是皇帝，是宫女，是二十世纪末在人海沉浮的你我，不都像亭前的那株枯索无聊的垂柳吗？等待一则春风的传奇来度脱我们僵老的肢体使之舒柔，将我们黯败的面目更新使之焕灿。春风在哪里？春风是什么？我们并不了然。去年来过的春风今年还会不会来？我们并无把握。但"珍重等待"，却是我们最后的权利。

使心情为之美丽，使目光为之腾烈的，其实，只是等待啊！

易经六十四卦，最后一卦是"未济"，未济是未完成的意思，因为尚未完成，我们便有所为也有所待，我们在等待中参与宇宙的酝酿发酵和澄定完成。《圣经》最后一章最后一句也是等待，对全新的历史的第二章的等待。

我渐渐相信等待是幸福的同义词，女子"待嫁"或作曲家手上有一支曲子"待完成"，或怀中有个孩子"待长大"，这些人，都是福人，虽然他们自己未必知道。

如果不曾长途渴耗，则水只是水，但旱漠归来，则一碗凉水顿成琼浆。如果不曾挨饿，则饭只是饭，但饥火中烧却令人把白饭当作御膳享受。

生命原无幸与不幸，无非各人去填满各人那一瓣瓣梅花的颜色，各人去充实那一直一横空白待填的笔触。

故事里可怜的孙悟空，跟在唐三藏后面横渡大漠，西天路上有九九八十一度劫难。而我们凡人,我们凡人要在春回大地之前与那九九八十一次酷寒斡旋。

不知道到哪里可以找到一张"人生消寒图",可以把生命里的每一片萧索都染成柔红的花瓣,将每一笔空白都填成跃然的飞龙。

他？她？

答应某妇女团体去演讲后，主事者接着便告诉我须得有位英文翻译，因为会员一半是西方人。过了几天，他们告诉我找到翻译了，是毕教授。我一听就立刻欣然同意，这毕教授是美国人，是我二十年前的旧识，为人为学皆极认真，我很庆幸她肯来为我翻译。

说她认真，她的确认真。演讲前一个月她就约我喝咖啡，把我要讲的内容仔细听了一遍，又问了些演讲中可能涉及的典故和引书。她居然还回家先读了那些书，像中学生，乖乖做家庭作业。看来临场应该万无一失了。

不料，演讲当天，我才说几句话，问题就浮出来了，我说：

"我有一个朋友，他……"

这位毕教授便把"他"翻成了"她"。

我因专心讲我的稿子，也没去留心她的英文。但因为我引朋

友的故事为例,而朋友又是社会上有名有姓的人物,所以听众一听便知其人是男不是女。那些心直口快的干脆叫嚷了出来:

"翻错了!翻错了!是 He 不是 She!"

我停下来道歉,中文"他""她"读音不分,想来毕教授很可能直觉上认为我既是个女人,交结的朋友也该是女人才对。听众也都知道毛病出在哪里,于是演讲继续。讲着讲着,我又开始举例:"我有一个朋友,他……"

毕教授不知不觉又译成女性的"她",如此这般闹了四次,我不得不停下来自我调侃:

"抱歉,抱歉,我不知道原来我的男朋友如此之多!"

毕教授生长在"纯朴的美国",似乎还存有"男生和男生玩,女生和女生玩"的意识。对她而言,几乎不用考虑,我的朋友理所当然是女性。她是一个那么认真的译者,没想到那天却被一个"他""她"搞得天昏地暗。我自己本来并没有太注意这个问题,经过这一场误译,便打开电话簿仔细一看,的确我来往的人里,男人比女人多。

我为什么多交接男性友人?倒不是因为喜欢男性刚直了然的性格(其实,也常见洒脱不羁的女子),而是因为男性经常位居要津,你每有什么事情要联络什么人,男子总占七成以上的比率。到目前为止,他们仍是社会的主流。

那次演讲之后,认真的毕教授再三道歉,其实,错不在她。

在两种文化之间每有一个简单的误译,那背后都牵涉一长串说不清的理由呢!

"你好吗?"

她读英美文学,在博士班,和一般人相比,她的英文当然算得上是好的。

可是,她却说,有一句最简单的客套话,她竟然硬是对应不上来。

那是一句什么话呢?那句话是:

"How are you?"

只要读过两个礼拜英文的人都会知道,这句话的意思是:

"你好吗?"

这么简单的问安的句子怎么每次都会难倒她,令她瞠目结舌,结结巴巴,苦于应对呢?

原来,对她而言,语言不能说得"有口无心",不能随便应付。言语应该简简单单,实话实说。她仍保持简单的孩童语言的思考模式。

所以,听到老外一声"你好吗",她立刻会想到:"要怎么回答呢?我好吗?我此刻真的好吗?我此刻的心情真能称之为'好'吗?社会上的很多案件还未破,我好吗?我这种心情能称之为好吗?"

正当她这么反复思想着的时候,对方已经匆匆走远了。

原来，这句"你好吗？"只等于一声"哈啰！""嗨！"说者无心，说完以后可能也就走开了，并不真带着关爱的眼神来凝视你，或者巴巴地等着你的回答。

对这位女子而言，她觉得既然你好心关怀我，问我好不好，我怎能顺口回答说好，我怎能骗你呢？世上怎么可以有一种语言，而这种语言的逻辑却强逼你，逼你即使正打算下午自杀，上午仍然得笑眯眯地对人回答那句标准答案：

"好，我好，你好吗？"

多么虚伪的客套啊！

继续推想下去，老外也真是古怪，他们把个人隐私看成天大的秘密，绝对不可随便开口打听。例如：

"你月薪多少？"

"你结婚了没有？"

"你有没有小孩？"

这些话如果在社交场合问人，都算不礼貌。但为什么偏偏又可以问人"你好吗？"其实好不好，才是真正的隐私呢！"好"意味着一个人目前生理和心理的总状态，是我们个人此时此刻的人生总评估，怎么可以随便告诉人呢？

如果你问："你好吗？"而我可以回答："很不好，刚失了恋。""不太好，车子跟人擦撞了。""糟极了，我父亲患了癌症。"那么，这个问句是合理的。而如果身为一个问句，习惯上却不作兴让回话人做反面的回答，这个问句未免离奇。

对于这位在博士班念英美文学的女孩来说，她觉得中国人的"吃饭没？"应该是一个比较流畅自然而又不会令人手足无措的问安句。

语言无是非，只是很耐人寻味。

叁·人生，可以是美好的

幸运的是，我看到了一张可信赖的脸。

人活着，总会碰到人，碰到人，就可能受骗。

但只要让我看到一双诚恳无欺的眼睛，我就可以甘心受人千次诳欺。

放尔千山万水身

从书桌前,我抬起头来,天际红霞涌现,盛夏的黎明是如此干净剔透。我平时很少早起,一时之间,不免为这样的美丽镇住了。其实,今天我也没有早起,而是晚睡,我整夜没睡,我要出岛了,我要出岛去观光了!

这一年,是一九八一年,啊,如果岁月也有容颜,我愿编荷花为冠冕,戴在那一年的眉额之上,那是多么光华四射的日子啊!

岛,我不是没有出过,我已去过日本、马来西亚、美国和欧洲等,但都是去演讲。而像我这种"愣子性格",答应演讲就真的去演讲,顺便看一眼明山秀水也是有的,但叫我虚晃一招,假演讲之名去流连游玩,我觉得不算好汉行径。

后来在一九八三年,我赴香港教书时,因为拥有一张香港居民证,可以十分方便去大陆,但我不去。学校给客座教授住的宿舍便在沙田第一城,小区里有巴士直达罗湖,我眼巴巴地望着站牌，却仍然咬牙不去。我知道，如果自己能趁别人去不成的时候先去，然后把所见所闻大书特书，当然可以取宠一时，但这种事胜之不武，我也不想要。

这天早晨，是我第一次到南亚次大陆观光。至于彻夜未眠，倒不是因为兴奋，而是因为赶着在行前把编撰的一本书的稿子交出来。

我们要去的地方是印度和尼泊尔，啊！唐三藏的旅程，孙悟空的旅程，我们也要去走它一圈！不为取经，只为玩！可怜故事里的唐三藏一路行行躲躲，唯恐有妖怪来吃他的肉。可怜孙悟空一路打妖怪打得手都长茧了吧！而我们一行却谈笑把盏，驾云直达，何等惬意。

由于这趟旅程，我交到了知己好友。由于这趟旅程，我体会了古国的华艳富丽和肮脏赤贫，至美难踪和丑恶污烂。恒河之畔，有人在光天化日之下架火焚烧死尸，浓浊的黑烟中，我惊愕地想起少年时代才会穷思不舍的生命和死亡的谜题。在璀璨如用月光为建材而砌成的泰姬玛哈陵前，望着身披玉色缥纱的印度姝女，不禁要问爱情是什么？美丽是什么？死别是什么？权力又是什么？

好的旅游，不仅带人去远方，而是带人回到最深层的内心世界。

二十年过去了，这段时间，我又去过许多地方，像新西兰，像澳洲,像蒙古,像巴厘岛……但如果有人问我最喜欢旅行中的哪个部分,我会说,我喜欢回程时飞机轮胎安然在跑道上着陆的那一刹。那么笃定的归来的感觉。终于,回到自家的土地上来了,这地球的象限中我最最钟爱最最依恋的坐标点。

唐代有个姓吉的诗人曾写过一句诗:"放尔千山万水身。"

意思是说,放纵你那原来属于千山万水的生命而重回到千山万水中去吧!

有趣的是,这首诗其实是首放生的诗,诗人放了一只猿猴,叫它回归千山万水去。我虽然不是猿猴,但我极喜欢这首诗,仿佛它是为我写的。人类在某种程度上也是一只亟待放生的生物,旅行,至少提供了片面的放生。大约,在我们灵魂深处都残存着千年万年的记忆,对深山大泽和朝烟夕岚的记忆,需要我们行遍天涯去将之一一掇拾回来——因此,能出去走走是多么好的事啊!

是的,放尔千山万水身吧!

不是倒霉日

二〇〇五年十月二十四日。

好,我对自己说,我要好好记得这组数字。这简直是我个人的"国耻纪念日"!我居然得了癌症!可恶啊!为什么偏偏就是我呢?我的一个中文系的学生说:"哎呀,老师,像你这么温厚的人,怎么会生这种病呢?"(哈,她以为癌症全是坏人才生的不成?)

为我照大肠镜的医生是我多年前的学生,此刻已极善言词,他说:

"老师,切出来的东西我们会拿去化验——不过,它是良性的机会是微乎其微的!"

好家伙,这医生讲话如此迂回奸巧,简直可以去从政做官了,但我当然立刻听懂了他真正的语意。

检查室有许多间,用拉帘相隔,我听见隔帘那边的另一位医生对他的病人说：

"好了，你没事了，你可以回家了！"

唉，那是多么好听的一句话啊！我多么多么希望他是对我说的啊！"没事"这件事是多么好的事啊！可是我却比较不幸，我是被癌症逮到的那个倒霉鬼。

然而，透过云天，我仿佛听到一个声音来入我心：

"我的小女孩啊！你还真笨哪；十月二十四日不是你的倒霉日，它明明是你的幸运日啊！你有癌，可是毕竟查出来了。在此之前，那些医生说你没事没事的时候，才是你的倒霉日呢！"

我忽然大悟，原来这是我的幸运日！

于是我立刻着手安排住院和开刀，L医生是个好医生，他除了仁心仁术之外，还有个奇怪的资历，据年轻的小医生告诉我，他自己也"被开"了十几次刀，我想他大概比较懂得可怜病人吧！

"没什么啦！"他说，"生病嘛，该做什么就做什么。"

我至今记得他宁静的眼神和安详的语调。

梦稿

啊！我又梦见自己在飞了！

我说"又"，是因为以前常做这种梦，进入中年不知为什么便自动关闭了梦中的飞行系统，变成一架彻彻底底的陆地行脚的机械。

从前那种梦中之飞，倒也不是真飞，而是滑翔。梦中的我只要稍一借力，便立刻可以弹起，每弹起一次可以飘上一百公尺，高度则大约在五层楼上下。

那种梦，我常做，因为太常做了，最后竟有点熟门熟路起来。每次出现这种动作，我竟会偷偷地对自己说，哎，好好享受这一刻吧，这是梦啊！梦中能飞，大约是由于生性浪漫，而一边飞却一边又知道是梦境，大约是由于冷静。冷静的浪漫恐怕不能长久。

果真，后来这种梦便稀少了。人总不能一辈子赖皮做彼得·潘吧！我对自己失落的飞翔梦也只好任由之。虽然，满心泰然中总不免夹一丝怅然。

昨天是丙子年的年初二，我彻夜写稿到清晨六时。因为坐在前廊写，一个瞌睡醒来，猛见微明的天光，居然六点了。吓得一跃而起，赶到床上去补一觉。不睡不行，丈夫正住院，嫌医院饭凉，我答应给他送一顿热中餐，现在赶睡三个小时，起来做事才不会迷糊出错。

所以说，我不算是个快乐的女人，至少此刻不是，丈夫在年前一个礼拜生了病。午夜二时半，他忽然叫痛，飞车送到医院，检查出来是肝上长了个脓疡，医生吊起点滴打抗生素，没日没夜地打，除夕和初一各放了六小时的假，准许他回家过年。而我自己，则为挥之不去的关节炎所苦，过年一忙，情况不免加剧，我也懒得理它。

而这不快乐的女人却做了一个快乐的梦，在清晨六时到九时之间。

我梦见自己不知怎么回事，突然便拥有了飞行的能力。我起先还不相信，但试验几次以后便明白了，原来我是会飞的！我并没有长出翅膀来，但飞行原来也并不需要翅膀，你只需将身体一纵，即可入云，必要的时候则划几下手臂以便转弯。

我大半的时间都飞得不高，因为留恋人世吧！我总是一面飞一面看下面的人和景。奇怪的是大部分的人并没有发现头上多了我这个"不明飞行物"，他们的习惯是走路不抬头的。他们只自顾自地活着，但偶然也有一两个人会看见我，也有人为我鼓掌。我有点惭愧，我不配拥有那掌声，因为会飞并不是我努力而获得的，我莫名其妙地拥有了这种超能力，而我也并不知道自己会在哪一刹那又失去这种超能力，既然如此，我就不应该接受掌声。

我有时也飞过高山和海洋，奇怪的是我居然看到海洋里巨大的水母，水母令我着迷，它们那半透明的钟形身体对我而言等于文学和艺术，因为它是半实半虚欲阖还开的（"实"的是历史，"虚"的是鬼扯淡，只有"假作真时真亦假，无为有处有还无"才是文学艺术）。我为那水母的美深深感动了，以致飞离海洋之后，满眼仍是那水母美丽优雅的开阖收放。

我为什么会梦见水母，也许是因为去年九月全家去做了一次阿拉斯加之游。那次旅行的重点是豪华游轮、鲸鱼和冰川。不知为什么回到我梦里的却只剩下那些潋滟波光中神秘的水母。事实上我在阿拉斯加看到的水母只不过大如拳头——婴儿的或成人的拳头，梦中的水母却大如橡木酒桶，原来它们都偷偷长大了，在我的梦里长大的。

飞着飞着，我看见低处有个人，我于是低空掠飞，去和那人说话。那人原来是个白种男人，我向他形容水母的样子，我说：

"你能不能告诉我这个东西的英文字怎么拼法？"

这男人很善良，他抬头用英文对着我大叫起来：

"喂！你疯了吗？你真笨啊！你形容的这种东西我知道，但它的学名我一时也说不上来，就算我知道我也不要告诉你！你要知道，这么简单的事，你一查百科全书就立刻可以知道的。可是，你知道吗？你会飞呀！你真的会飞呀！这是不得了的事呀！我要是跟你一样会飞，我就会一直飞，我就会专心飞，我才不去管它那个字怎么拼法！笨呀！"

我吃他一骂，不禁自惕，赶紧飞开。啊！他说得对，任何一本百科全书都可以告诉我水母怎么拼，但是飞行却不是人人都能拥有的权利。

醒来后我果真去查书，原来是 Jellyfish "果冻鱼"。我其实是知道这个字的，不知怎的梦里竟忘了。我想我有点猜得出端倪来了，想必我平生对自己的英文程度老觉得有点遗憾，连梦里也在为自己不会某字的拼法而不安。但那人骂得有理,能飞的人则该飞,飞的时候能看到什么则该看,至于字怎么拼,根本是小事一桩,不该成为罣碍。

梦里,我继续飞。忽然,有一棵极美丽的花树出现了,花瓣是白的,五出,叶子则翠碧透明。我一看之下竟不能自持,只得急急飞降下来。但是,要看花,需要高度的飞行技巧,因为在空中停留并不容易,急刹和急转都使人容易坠落尘埃。然而,那花令我落泪,我忍不住冒险盘旋。

对于水母,我至少说得出它的中文名字,面对这花,我却连名字也叫不出。可是我知道我一定见过它,一定的。至于何时何地见过,我也说不上来。但它不是樱,台湾的山樱一般开成尖锥状,不似日本樱花花瓣平舒。只是我的梦中花虽然花瓣平舒,却有绿叶相衬,益见其粉翠互照之美。日本樱盛开时却是不杂一片叶子的。梦中花也不是梨花梅花,梨花梅花比较纤细,这花的直径却有四五公分长,每瓣的宽度也到达二公分。它也不是杏花李花,因为是单瓣。它的花形略近阳明山径上早春开在岩壁上的山茱萸,真真是翡翠珍珠的璧合。然而山茱萸的花只有四瓣,这花却五瓣(山茱萸偶然也作五瓣,不知怎么回事)。并且山茱萸是灌木,我的梦中花却是一株两人高的枝干虬结如怒涛如蛟龙的树。它又有点像西湖湖心小岛上的山楂花,但山楂却作水红胭脂色,不似梦中花的皎白亮洁。

它是谁？我连它的名字都说不上来，它却是令我在梦中堕泪乃至折翼的花树。它没有做什么，它只是开了花，它只是用花发了言，它甚至都还没有开到十分饱满，只是怯怯地试探地开了几枝，就令我目醉神迷，不能自已。

我堕地了，有人跑过来，说：

"喂，学校说，叫你把学生的书本费收好，交上去，你不在，我替你收了，"她塞给我一把零钱，"你自己去缴吧！"

我捧了那把烦琐的零钱跑去赶公交车。但是大概久惯飞行，我几乎忘了上车投币的规矩，我胡乱掏了钱，匆匆投下，挤进车厢。那车却好像是香港巴士，两层，我坐在下层，有个坐在我右侧的女孩走来，说：

"我常看你飞呢！你亲我一下好吗？"

她说的是真的，我飞的时候的确常碰到她仰望的目光，我亲了她的颊。

忽然，左边的女孩也叫起来：

"也亲我一下！"

我愣住了，不行，这种事，是可一不可再的，我摇摇头。

"为什么，你亲了她，为什么我就不行？"

我不知道怎么告诉她，一次是可以的，第二次就不好了，我不要成为公众人物，我不要应人要求做反复的动作。她不依，喋喋怨骂，然而，就在这时候我获救了，九点半了，我醒了。

我冲进厨房炖鸡汤,及时把午餐送去医院。

我对这梦好奇,我对自己好奇,所以我照实记录了这梦,而梦大约总是在可解与不可解之间。三四千年前的占卜官,清晨起来,在一片白净的牛的肩胛骨上记载下君王的美梦或噩梦。我手下没有占卜官,只好自己动手来记,以供他日有空闲也有心情的时候,好好研究自己之用。

唉,如果没有那棵美得令人折翼的花树就好了,如果没有那些白纷纷馥郁郁如雪似霰的花瓣就好了,我就可以继续高飞。然而,我好像也并不遗憾,为一棵心事争发的花树而堕落尘埃,我其实是不悔的。

只要让我看到一双诚恳无欺的眼睛

春天,西湖,花开满园。

整个宾馆是个小沙嘴,伸入湖中。我的窗子虚悬在水波上,小水鸭在远近悠游。

清晨六时,我们走出门来,等一个约好的人。那人是个船夫——其实也不是船夫,应该说他的妻子是个船妇。而他,出于体贴吧,也就常帮着划船。既然长在西湖边上,好像人人天生都该是划船高手似的。

昨天,我们包了他的船一整天。中午去"楼外楼"一起吃清炒虾仁和叫花鸡,请他们夫妇同座同席。他听说我们想去苏州,便极力保证他可以替我们去买船票,晚上上船,第二天清早就到苏州。他说他有关系,绝对可以买到票。

不知为什么,我就是不能拒绝他。其实,由于有台胞身份,

旅馆是可以代我们买票的。可是他那么热心，不托他买，倒仿佛很见外似的。

说好了，清晨六时他就把票送过来。

西湖之美，明朝人袁中郎早就说过了，一定要在凌晨或月夜，游客的数目常是美景的杀手。一旦过了清晨九点，西湖只不过是个背景不错的人口市场罢了。我们原打算接了票立刻趁人少骑脚踏车去逛苏堤、白堤、六和塔……西湖于我，是个熟得不能再熟的地方——虽然一次也没来过。但那"断桥残雪"，那"南屏晚钟"，那"曲院风荷"，一一伴我长大，在书本的扉页里……

但现在六点了，那船夫却没有来，我们哪里都不能去。

小鸟在青眼未舒的柳树梢头啁啾——那船夫，还不来。

芍药开了，很香。广玉兰白中带紫，旋满一树——那船夫，怎么还不来？

六点半了。

春日的枫树红中带润，同样是红，但跟深秋的霜叶却全然不同。唉，六点半了。

木本的海棠花饱满妖艳，美得让自己都有点不胜负荷了。七点了，都七点了。

我焦躁起来，和丈夫互相问了我们万分不想问的问题："他，会不会拿了我们买船票的钱，就消失了。"

不会吧！我们再等等。钱，其实也不多，合美金大概不到五十元。悲伤的是，我们会不会因此变成可笑的、易于上当的傻瓜？

他是我的同胞，而西湖又这么美，此刻又是乾坤清朗庄重的春日清晨，我不该起疑心。可是，七点十分了，听说船夫的父母是基督徒，可是，那又保证什么？绝美的春晨正一寸寸消失，我怎么办？我像个白痴似的站在宾馆门口，等一个可能永远不会出现的人。

七点十五。

他来了！他来了！我叫。丈夫跑出来，我们在门口迎上他。他说，今早因为借不到脚踏车，所以便一直去借，借到现在。

我对他千恩万谢,他可能以为我谢他是因他代为买票的辛苦。他不知道,我真正感谢的是,他终于出现了,他帮助我免于做一个可鄙的怀疑论者。

那天早上,我们未能把向往已久的风景点一一看完,但幸运的是,我看到了一张可信赖的脸。人活着,总会碰到人,碰到人,就可能受骗。但只要让我看到一双诚恳无欺的眼睛,我就可以甘心受人千次诳欺。

毕竟,那是一个美丽的春晨。

鸟巢蕨,什么时候该丢?

我买了一丛鸟巢蕨,那是十年前的旧事了。

说"一丛"不太正确,应该说是"一丛半"。小丛的鸟巢蕨,偎在大丛边上,看来如母子相依。我喜欢那姿态,不觉心动买下。及至回到家里,不料那大丛越长越大,小丛缩在大丛之下,逐渐萎小,最后终于枯干黄卷而至消失。

鸟巢蕨又名"台湾山苏",在林野中处处都可遇到,它又常常长在老树上,一副非常随遇而安的样子。我因那"台湾山苏"的名字而格外疼惜它,凡是冠上此类名称的动植物,总让我心动。例如"台湾相思"或"中华鲟鱼",听来真像和自己刚认过宗又叙罢家谱的堂兄弟。

而这位堂兄弟不幸夭损了一个,我不能不感伤。终于,我想出办法来了,我要去找原来卖鸟巢蕨的花店,问他们能不能为我补种半丛小蕨,付钱没有关系,我喜欢它原来的构图,我喜欢小蕨稚弱依人的样子。

花店一向是个美丽的地方,花店里的小姐也是。我抱着鸟巢蕨走进店来,小姐惊奇地望着我。我有点抱歉,向来,只有人抱着植物出去,哪有人抱着植物进来?

"是这样的……我半年前买……死了……可不可以请你在同位置再为我补种一丛……"

"半年了?"美丽的小姐有点不屑,"半年了你也就可以丢掉了,都市里的人买绿色植物来养,谁不是养养就死?我看你也不必麻烦了,就把这盆丢到垃圾车里去算了,你再选一盆新的,我算你便宜。哪里有像你这样买了盆植物就一直养下去不丢的?"

这一次,轮到我睁大眼睛看她了。美丽的她,怎么会说出这番怪论来?凭什么植物只是"养眼消费品",看烦了就丢?一棵树,只要照料得好,是混个百年乃至千年都没有问题的。要丢,它来丢我还差不多,我是绝对没有资格去丢它的。

鸟巢蕨能活多久?我不太知道,但它的嫩叶一重重抽出来,生生不息。就我的想法,百年应该也不是问题,我何忍让它夭折。花店店员只知推销产品,别理她就算了。

我把鸟巢蕨重新带回来,几乎是落荒而逃,两下里都有点劫后余生的意味。我赌气好好养它,它至今活着,如翡翠,如碧波,既不打算死,也没有倦勤或退休之意。每当它抽出一张通透如"祖母绿"的新叶，如同赌徒又展示出一张王牌，我就会神秘一笑，对它说：

"哈！好家伙，你知道吗？你这条命是捡回来的！十年前就有个坏女孩劝我把你甩了呢！"

鸟巢蕨似笑非笑，我想它什么都知道，但它什么都不说，只一径绿着。非常绿非常绿地绿着。

问名

万物之有名，恐怕是由于人类可爱的霸道。

《创世记》里说，亚当自悠悠的泥骨土髓中午醒过来，他的第一件"工作"竟是为万物取名。想起来都要战栗，分明上帝造了万物，而一个一个取名字的竟是亚当，那简直是参天地之化育，抬头一指，从此有个东西叫青天，低头一看，从此有个东西叫大地，一回首，夺神照眼的那东西叫树，一倾耳，树上嘤嘤千啭的那东西叫鸟……而日升月沉，许多年后，在中国，开始出现一个叫仲尼的人，他固执地要求"正名"，他几乎有点迂，但他似乎预知，"自由"跟"放纵"，"爱情"和"色欲"，"人权"和"暴力"是如何相似又相反的东西，他坚持一切的祸乱源自"名实不副"。

我不是亚当，没有资格为万物进行其惊心动魄的命名大典。也不是仲尼，对于世人的"鱼目混珠"唯有深叹。

不是命名者，不是正名者，只是一个问名者。命名者是伟大的开创家,正名者是忧世的挽澜人,而问名者只是一个与万物深深契情的人。

也许有几分痴,特别是在旅行的时候,我老是烦人地问:

"那是什么?"

别人答不上来,我就去问第二个,偏偏这世界就有那么多懵懂的人,你问他天天来他家草坪啄食的红胸绿背的鸟叫什么,他居然不知道。你问他那条河叫什么河,他也好意思抵赖说那条河没名字。你问他那些把他家门口开得一片闹霞似的花树究竟是桃是李,他不负责任地说不清楚。

不过,我也不气,万物的名氏又岂是人人可得而知的。别人答不上来,我的心里固然焦灼,但却更觉得这番"问名"是如此郑重虔诚,郑重得像古代婚姻中的"问名"大礼。

读《红楼梦》,喜欢宝玉的痴,他闯见小厮茗烟和一个清秀的女孩子在一起,没有责备他的大胆,却恨他连女孩子姓什么叫什么都不知道。不知名就是不经心,奇怪的是有人竟能如此不经心地过一生一世。宝玉自己是连听到刘姥姥说"雪地里女孩儿精灵"的故事,也想弄清楚她的名姓而去祭告一番的。

有一次,三月,去爬中部的一座山,山上有一种蔓藤似的植物,长着一种白紫交融细丝披纷的花。我蹲在山径上,凝神地看,山上没有人，无从问起。忽然，我发现有些花已经结了小果实了，青绿椭圆，我摘了一个下山去问人，对方瞄了一眼，不在意地说：

"那是百香果啊，满山都是的！现在还少了一点，从前，我们出去一捡就一大箩。"

我几乎跌足而叹，原来是百香果的花，那么芳香浓郁的百香果的花。如果再迟两个月来，满山岂不都是些紫褐色的果子，但我也不遗憾，我到底看过它的花了，只可惜初照面的时候，不能知名，否则应该另有一番惊喜。

野牡丹的名字是今年春天才打听出来的，一旦知道，整个春天竟然都过得不一样了。每次穿山径到图书馆影印资料，它总在路的右侧紫艳艳地开着，我朝它诡秘一笑，心里的话一时差不多已溢到嘴边：

"嗨，野牡丹，我知道你的名字了，蛮好听的呀——野牡丹。"

它望着我，也笑了起来，像一个小女孩，又想学矜持，又装不来。于是忍不住傻笑：

"咦？谁告诉你的？你怎么晓得我的名字的？"

"安妮女王的花边"（Queen Anne's Lace）是一种美国野花的名字，它是在我心灰意冷问遍朋友没有一个人能指认得出来的时候，忽然获知的。告诉我的人是一个女画家，那天，她把车子停在宁静安详的小城僻路上,指着那一片由千百朵小如粟米的白花组成的大花告诉我,我一时屏息眇目,简直不敢相信那是真的。当下只见路边野花蔓延,世界是这样无休无止的一场美丽,我忽然觉得幸福得不知说什么才好。恍如古代,河出图,洛出书——那本不稀奇,但是,圣人认识它,那就不一样了。而我,一个平凡的女子,在夏日的熏风里,在漫漫的绿向天涯的大地上,只见那白花欣然怡悦地浮上来,像河图洛书一样的浮上来,我认识它吗?一朵花里有多少玄机,太平盛世会由于这样一个祥兆而出现吗?

我如醉如痴地坐着,一朵花里有多少玄机?

三月里,我到东门菜场外面的花店里去订一种花,那女孩听不懂,我只好找一张纸,一面画,一面解释:

"你看,就是这样,一根枝子,岔出许多小枝子,小枝子上有许许多多小花,又小,又白,又轻,开得散散的,蒙蒙的……"

"哦,"不等我说完,她就叫了起来,"你是说'满天星'啊!"

(后来有位朋友告诉我,那花英文里叫 baby's breath——婴儿的呼吸,真温柔,让人忍不住心疼起来。)

第二天,我就把那订购的开得密密的星辰一把抱回家,觉得自己简直是宇宙,一胸襟都是星。

我把花插在一个陶罐子里,万分感动地看那四面迸射的花。

我坐在花旁看书，心中疑惑地想着，星星都是善于伪装的，它们明明那么大，比太阳还大，却怕吓倒了我们，所以装得那么小，来跟我们玩。它们明明是十万年前闪的光，却怕把我们弄糊涂了，所以假装是现在才眨的眼……而我买的这把"满天星"会不会是天星下凡来玩一遭的？我怔怔地看那花，愈看愈可疑，它们一定是繁星变的，怕我胆小，所以化成一把怯怯的花，来跟我共此暮春，共此黄昏。究竟是"星常化作地下花"呢，还是"花欲升作天上星"呢？我抛下书，被这样简单的问题搞糊涂了。

菜单上也有好名字。

有一种贝壳，叫"海瓜子"，听着真动人，仿佛是从海水的大瓜瓤里剖出的西瓜子，想起来，仿佛觉得那菜真充满了一种嗑的乐趣——嗑下去，壳张开，瓜子仁一般的贝肉就滑落下来……还有一种又大又圆的贝类，一面是白壳，一面是紫褐色的壳，有个气吞山河的名字，叫"日月蚶"，吃的时候，简直令人自觉神圣起来。不知道日月蚶自己知不知道它叫日月蚶——白的那面像月，紫的那面像日，它就是天地日月精华之所钟。

吃西方东西，我更喜欢问名了，问了，当然也不懂，可是，把名字写在记事本上，也是一段小小的人生吧！英雄豪杰才有其王图霸业的历史记录，小人物的记事册上却常是记下些莫名其妙的资料，例如有一种紫红色的生鱼片叫玛苦瑞，一种薄脆对折中间包些菜肴的墨西哥小饼叫"塔可",意大利馅饼"比萨"吃起来老让人想起在比萨斜塔(虽然意大利文"比萨"与那俩字毫不相干)。一种吃起来像烤馒头的英式面包叫"玛芬",petit munster是有点臭咸鱼味道的法国乳酪,Artichoke长得像一只绿色的花,煮熟了一瓣瓣掰下来蘸牛油吃,而"黑森林"又竟是一种蛋糕的名字。

记住些乱七八糟的食物名字当然是很没出息的事情,我却觉得其中有某种尊敬。只因在茫茫的人世里,我曾在某种机缘下受人一粥一饭,应当心存谢忱。虽然,钱也许是我付的,但我仍觉得每一个人的一只盘碗,都有如僧人的钵,我们是受人布施的托钵人,世界人群给我们的太多,我至少应该记下我曾经领受的食物名称。

有时我想,如果我死,我也一定要问清楚病名。也许那是最后一度问名了。

人生一世,问的都是美好的名字,一样好吃的菜肴,一块红得半透明的石头,一座山,一种衣料,一朵花,一条鱼……

但是,有一天,我会带着敬意问我敌人的名字,像古战场上两军对垒时,大英雄总是从容地问:

"来将通名!"

也许是癌,也许是心脏病,也许是脑溢血……但是,我希望自己有机会问名,我不能不清不白地败在不知名的对方手下。既然要交锋,就得公平,我要知道对手叫什么名字,背景如何,我要好好跟他斗一斗。就算力竭气绝,我也要清清楚楚叫出他的名字:

"××,算你赢了。"

然后,我会听见他也在叫我的名字:

"晓风,你也没输,我跟你缠斗得够辛苦的了!"

于是,我们对视着,彼此行礼,握手,告退。

最后的那场仗,我算不算输,我不知道,只知道,我要知道对方的名字,也要跟他好好拼上许多回合。

自始至终,我是一个喜欢问名的人。

肉体有千万种受难的形态

我因事去找一位医生,那天我自己并不看病,便坐在诊疗室里等他看完最后几个病人。

进来一个六十岁左右的妇人。

"哪里不舒服?"医生不怒自威。

妇人蹙着眉,诉起苦来:

"早上起来,这膀子呀,说不出的不舒服——"

医生捏捏她的肩臂。

"痛不痛?"

"不痛。"

"酸不酸?"

"不酸。"

"又不痛,又不酸——那你来看什么?"

"我——"妇人一时语塞。

我听得发急,这医生并不是坏人,但他的词汇怎么就这么贫乏呢?难道人的身体不会发生酸痛以外的不舒服吗?

我忍不住插嘴:

"是不是,僵——?"

妇人高兴起来:"啊!对,就是'僵'!早上起来,整个膀子都'僵'!"

医生低头去画了些字,大概在开药吧!我不好意思再多说什么,我当时心中其实很想多叮咛他几句,我想说:

"医生啊!你知道你在干什么吗?你在'医'人啊!

"而'人'又是个多么复杂精致的生物,这种生物不是每一个都能把自己整顿出条理来的,不是每一个都能把自己分析得头头是道的。他们是迷乱的,颠倒的,词不达意的,他们并不确实知道自己在干些什么,他们到医院来,他们是前来求救的,然而他们说不清楚——生命里巨大的事物谁又说得清楚？

"在这一桩桩病情申诉里面，充满肉体无辜的冤情，医生有时也是法官吧！某妻子的肺癌是一部她丈夫的抽烟史，某老父的十二指肠溃疡是缘于独子的一场车祸。他们来看病，其实也是来看他们生命里的悲情，诊疗室有如神父据守的神龛，可以听尽天下苍生的谶词和申诉。

"因此，医生啊，能否让自己的语言再精致一点，再丰富一点，再准确一点，再推敲仔细一点——要知道，你和病人共同形容的，是一个活生生的生命啊！"

在既不酸又不痛之外，医生啊！肉体还有千万种受难的形态都等待申诉呢！

"你的侧影好美!"

中午在餐厅吃完饭,我慢慢地喝下那杯茶,茶并不怎么好,难得的是那天下午并没有什么赶着做的事,因此就慢慢地一口一口地啜着。

柜台那里有个女孩在打电话,这餐厅的外墙整个是一面玻璃,阳光流泻一室。有趣的是那女孩的侧影便整个印在墙上,她人长得平常,侧影却极美。侧影定在墙上,像一幅画。

我坐着,欣赏这幅画,奇怪,为什么别人都不看这幅美人图呢?连那女孩自己也忙着说个不停,她也没空看一下自己美丽的侧影。而侧影这玩意其实也很诡异,它非常不容易被本人看到。你一转头去看它,它便不是完整的侧影了,你只能斜眼去偷瞄自己的侧影。

我又坐了一会,餐厅里的客人或吃或喝——他们显然都在做他们身在餐厅该做的事。女孩继续说个不停,我则急我的事,我的事是什么事呢？我在犹豫要不要跑去告诉那女孩关于她侧影的事。

她有一个极美的侧影，她自己到底知道不知道呢？也许她长到这么大都没人告诉过她，如果我不告诉她，会不会她一生都不知道这件事？

但如果我跑去告诉她，她会不会认为我神经兮兮，多管闲事？

我被自己的假设苦恼着，而女孩的电话看样子是快打完了。我必须趁她挂上电话却犹站在原来位置的时候告诉她。如果她走回自己座位我再拉她站回原地去表演侧影，一切就不再那么自然了。

我有点气自己，小小一件事，我也思前想后，拿捏不出个主意来。啊！干脆老实承认吧！我就是怕羞，怕去和陌生人说话，有这毛病的也不止我一个人吧！好，管他呢，我且站起来，走到那女孩背后，破釜沉舟，我就专等她挂电话。

她果真不久就挂了电话。

"小姐！"我急急叫住她，"我有一件事要告诉你……"

"喔……"她有点惊讶，不过旋即打算听我的说辞。

"你知道吗？你的侧影好美，我建议你下次带一张纸、一支笔，把你自己在墙上的侧影描下来……"

"啊！谢谢你告诉我。"她显然是惊喜的，但她并没有大叫大跳。她和我一样，是那种含蓄不善表达的人。

我走回座位，吁了一口气。我终于把我要说的说了，我很满意我自己。

"对！其实我这辈子该做的事就是去告诉别人他所不知道的自己的美丽侧影。"

情怀

陈师道的诗说：

"好怀百岁几回开？"

其实，好情怀是可以很奢侈地日日有的。

退一步说，即使不是绝对快活的情怀，那又何妨呢？只要胸中自有其情怀，也就够好了。

一

校车过中山北路，偶然停在红灯前。一阵偶然的阳光把一株偶然的行道树的树影投在我的裙子上。我惊讶地望着那参差的树影——多么陌生的刺绣，是湘绣，还是苏绣？

然后，绿灯亮了，车开动了，绣痕消失了。

我那一整天都怀抱着满心异样的温柔，像过年时乍穿新衣的小孩，又像猝然间被黄袍加身的帝王，忽觉自己无限矜贵。

二

在乡间的小路边等车，车子死也不来。

我抱书站在那里，一筹莫展。

可是，等车不来，等到的却是疏篱上的金黄色的丝瓜花，花香成阵，直向人身上扑来，花棚外有四野的山，绕山的水，抱住水的岸，以及抱住岸的草，我才忽然发现自己已经陷入美的重围了。

在这样的一种驿站上等车，车不来又何妨？事不办又何妨？

车是什么时候来的？我忘了。事是怎么办的？我也忘了，长记不忘的是满篱生气勃勃照眼生明的黄花。

三

另一次类似的经验是在夜里，站在树影里等公车。那条路在白天车尘沸扬，可是在夜里却静得出奇。站久了我才猛然发现头上是一棵开着香花的树，那时节是暮春，那花是乳白色须状的花，我好像在什么地方听过它叫马鬃花。

暗夜里,我因那固执安静的花香感到一种互通声息的快乐,仿佛一个参禅者,我似乎懂了那花,又似乎不懂。懂它固然快乐——因为懂是一种了解,不懂又自是另一种快乐——唯其不懂才能挫下自己的锐气,心悦诚服地去致敬。

或以香息,或以色泽,花总是令我惊奇诧异。

四

五月里,我正在研究室里整理旧稿,一只漂亮的蓝蜻蜓忽然穿窗而入。我一下子措手不及,整个乱了手脚,又怕它被玻璃橱撞昏了,又想多挽留它一下,当然,我也想指点它如何逃走。

但整个事情发生得太快,它一会撞到元杂剧上,一会又撞在全唐诗上,一会又撞到莎剧全集上,我简直不知怎么办才好。

然后,不着痕的,仅仅在几秒之间,它又飞走了。

留下我怔怔地站在书与书之间。

是它把书香误作花香了呢?还是它蓄意要来棒喝我,要我惊悟读书一世也无非东撞一头西碰一下罢了。

我探头窗外,后山的岩石垒着岩石,相思树叠着相思树,独不见那只蜻蜓。

奇怪的是仅仅几秒的遇合,研究室中似乎从此就完全不一样了。我一直记得,这是一间蓝蜻蜓造访过的地方。

五

看儿子画画,忍不住扑哧一声笑了出来。

他用原子笔画了一幅太空画,线条很仔细,似乎有人在太空漫步,有人在太空船里,但令我失笑的是由于他正正经经地画了一间"移民局"。

这一代的孩子是自有他们的气魄的。

六

十一月,秋阳轻软如披肩,我置身在一座山里。

然后一个穿大红夹克的男孩走入小店来,手里拿着一沓粉红色的信封。

小店的主人急急推开木耳和香菇,迎了出来,他粗戛着嗓子叫道:

"欢迎,欢迎,喜从天降!你一来把喜气都带来啦!"

听口音,是四川人,我猜想他大概是退役的老兵,那腼腆的男孩咕哝了几句,又过了街到对面人家去挨户送帖子了。

我心中莫名地高兴着,在这荒山里,有一对男孩女孩要结婚了,也许全村的人都要去喝喜酒,我是外人,我不能留下来参加婚宴,但也一团欢喜,看他一路走着去分发自己的喜帖。

深山,淡日,万绿丛中红夹克的男孩,用毛笔正楷写得规规矩矩的粉红喜柬……在一个陌生过客的眼中原是可以如此亲切美丽的。

七

我在巷子里走,那公寓顶层的软枝黄蝉斜垂下来。

我抬头仰望,站得像悬崖绝壁前的面壁修道人。

真不知道那花为什么会有那么长又那么好听的名字,我仰着脖子,定定地望着一片水泥森林中的那一涡艳黄,觉得有一种窥伺不属于自己的东西的快乐。

我终于下定决心去按那家的门铃。请那主妇告诉我她的电话号码,我要向她请教跟花有关的事,她告诉我她是段太太。

在一个心情很好的黄昏,我跟她通话。

"你府上是安徽?"说了几句话以后,我肯定地说。

"是啊,是啊。"她开心地笑了,"你怎么都知道啊?我口音太重了吧!"

问她花怎么种得那么好,她谦虚地说也没什么秘方,不过有时把洗鱼洗肉的水随便浇浇就是了。她又叫我去看她的花架,不必客气。

她说得那么轻松，我也不得要领——但是我忽然发觉，我原来并不想知道什么种花的窍门，我根本不想种花，我在本质上一向不过是个赏花人。可是，我为什么要去问呢？我也不知道，大概只是一时冲动，看了开得太好的花，就想知道它的主人。

以后再经过的时候，我的眼照例要搜索那架软枝黄蝉，并且有一种说不出的安心——因为知道它是段太太的花，风朝雨夕，总有个段太太会牵心挂意。这个既有软枝黄蝉又有段太太的巷子是多么好啊！

我是一个很容易就不放心的人——却也往往很容易就又放了心。

八

有一种病，我大概平均每一年到一年半之间，一定会犯一次——我喜欢逛旧货店。

旧货店不是古董店，古董店有一种逼人的贵族气息，我不敢进去。那种地方要钱，要闲，还要有学问，旧货店却是生活的，你如果买了旧货，不必钉个架子陈放它，你可以直接放在生活里用。

我去旧货店多半的时候其实并不买，我喜欢东张西望地看，黑洞洞不讲究装潢的厅堂里有桌子、椅子、柜子、床铺、书、灯台、杯子、熨斗、碗勺、刀叉、电唱机、唱片、洋娃娃、龙虾或玳瑁的标本、钩花桌巾……

我在那里摸摸翻翻，心情又平静又激越。

——曾有一些人在那里面生活过。

——在人生的戏台上，它们都曾是多么称职的道具。

——墙角的小浴盆，曾有怎样心慌意乱的小母亲站在它面前给新生的娃娃洗澡？

——门边的咖啡桌，是被哪个粗心的工人烫了三个茶杯印？

——那道书桌上的明显刀痕是不是小孩子弄的？他闯了祸不知道有没有挨骂？

——龙虾标本的尾巴怎么伤到的？

——烟灰缸怎么砸了一小角，是谁用强力胶粘上去的？

——那茶壶泡过多少次茶才积上如此古黯的茶垢？那人喝什么茶？乌龙还是香片？

——酌过多少欢乐，那尘封的酒杯？

——照暖多少夜晚，那落地灯？

我就那样周而复始地摩挲过去，仿佛置身散戏后的剧场，那些人都到哪里去了？死了？散了？走了？或是仍在？

有人吊贾谊，有人吊屈原，有人吊大江赤壁中被浪花淘尽的千古英雄。但每到旧货店去，我想的是那些无名的人物，在许多细细琐琐的物件中,日复一日被消磨的小氏。

泰山封禅,不同的古体字记载不同的王族。燕山勒铭,不同的石头记载不同的战勋。那些都是一些"发生",一些"故事"。

我喜欢看到"故事"和"发生"。

那么真实强烈而又默无一语,生命在那里起灭,生活在那里完成,我喜欢旧货店。

九

我有一个黑色的小皮箱,是旅行时旧箱子坏了,朋友临时送我的。

朋友是因为好玩,跟她一个邻居老先生在"汽车间市集"(即临时买旧货处)贱价买来的。

把箱子转交给我的时候,她告诉我那号码是088,然后,她又告诉我当时卖箱子的老先生说,他所以选088,是因为中学踢足球的时候,背上的号码是088。

每次开合箱子,我总想起那素昧平生的老人,想起他的少年,想起大红色的球衣,以及球衣背后的骄傲号码,是不是被许多男孩嫉妒的号码?是不是令许多女孩疯狂的号码?

每次一开一合间,我所取出存进的岂是衣衫杂物,那是一个呼之欲出的故事,一个鲜明活跃的特写,一种真真实实曾在远方远代进行的发生。

我怎么会惦念着一个不知名姓的异乡老人呢?这里面似乎有些东方式的神秘因缘。

或开,或合,我会在怔忡不解中想起那已是老人的背号088号的球员。

十

和旧货店相反,我也爱五金店。

旧货店里充满"已然",充满"旧事",而五金行里的一张搓板或一块海绵却充满"未知"。

"未知"使我敬畏,使我惘然,我站立在五金店里总有万感交集。

仿佛墨子的悲丝,只因为原来食于一棵桑树,养于一双女手,结茧于一个屋檐下的白丝顷刻间便"染于黄则黄""染于苍则苍"。它们将被织成什么?绣成什么?它们将去到什么地方?它们将怎样被对待?它们充满了一切好的和坏的可能性。

墨子因而悲怆了。

而我站在五金行里,望着那些堆在地下的,放在架上的,以及悬在头上的交叠堆砌的东西,也不禁迷离起来。

都是水壶,都是同一架机器的成品,被买去了当然也都是烧水用的。但哪一个,会去到一个美丽的人家,是个"有情人喝水都甜"的地方?而哪一个将注定放在冷灶上,度它的朝晨和黄昏?

一式一样的饭盒,一旦卖出去,将各装着什么样口味的菜?给一个怎样的孩子食用?那孩子一边天天吃着这只饭盒,一边又将茁长为怎样的成人?

同样的垃圾桶将吞吐怎样不同的东西?被泡掉了滋味的茶渣?被食去了红瓤的瓜皮?一封撕碎的情书?一双过时的鞋?

五金店里充满一切可能性,一切属于小市民生活里的种种可能性。

我爱站在五金店里,我爱站在一切的"未然"之前,沉思,并且为想不通的事情惊奇。

十一

这个世界充满了权威和专家,他们一天到晚指导我们——包括我们的婚姻。

婚姻指导的书也不知看过多少本了。反正看了也就模糊了。

但在小食摊上看到的那一对,却使我不能忘记。

那天刚下过小雨,地上是些小水洼,摊子上的生意总是忙的,不过偶然也有两分钟的空闲。那头家穿着个笨笨的雨靴,偷空跑去踩水,不知怎的,他一闪,跌坐在地上。

婚姻书上是怎么说的？好像没看过，要是丈夫在雨地里跌一跤，妻子该怎么办？

那头家自己爬了起来，他的太太站在灶口上事不关己似的说："应该！应该！啊哟，给大家笑，应该，那么大的人，还去踩水玩，应该……"她不去拉他，倒对着满座客人说自家人的不是。我小心地望着，不知下一步是什么，却发觉那头家转身回来，若无其事地炒起蚵仔煎来。

我惊得目瞪口呆。

原来，这样也可以是一种婚姻。

原来，他们是可以骂完或者打完而不失其为夫妻的，就像手心跟手背，他们根本不知道"分"是什么。

我偷眼看他们，他们不会照那些权威所指导的互赠鲜花吧！他们的世界里也不像有"生日礼物"或"给对方一个惊喜"的事，他们是怎么活下去的？他们怎么也活得好端端的？

他们的婚姻必然有其坚韧不摧的什么，必然有其雷打不散的什么，必然有婚姻专家搞不懂的什么。年轻的情侣和他们相比，是多么容易受伤，对方忘了情人节，对方又穿了你讨厌的颜色，对方说话不得体……而站在蚵仔煎铁锅后的这一对呢？他们忍受烟熏火燎，他们共度街头的雨露风霜，但他们一起照料小食摊的时候，那比肩而立的交叠身影是怎样扎实厚重的画面，夜深后，他们一起收拾锅碗回家的影子又是怎么惊心动魄的美感。

像手心跟手背，可以互骂，可以互打，也可以相与无一言，但硬是不知道什么叫"分"——不是想分或不想分，而是根本弄不清本来一体的东西怎么可能分。

我要好好想想这手册之外的婚姻，这权威和专家们所不知道的中国爱情。

正在发生

去菲律宾玩,游到某处,大家在草坪上坐下,有侍者来问,要不要喝椰汁,我说要。只见侍者忽然化身成猴爬上树去,他身手矫健,不到两分钟,他已把现摘的椰子放在我面前,洞已凿好,吸管也已插好,我目瞪口呆。

其实,我当然知道所有的椰子都是摘下来的,但当着我的面摘下的感觉就是不一样。以文体做比喻,前者像读一篇"神话传说",后者却是当着观众一幕幕敷演的舞台剧,前因后果,历历分明。

又有一次,在旧金山,喻丽清带我去码头玩,中午进一家餐厅,点了鱼——然后我就看到白衣侍者跑到庭院里去,在一棵矮树上摘柠檬。过不久,鱼端来,上面果真有四分之一块柠檬。

"这柠檬,就是你刚才在院子里摘的吗?"我问。

"是呀!"

我不胜羡慕，原来他们的调味品就长在院子里的树上。

还有一次，宿在恒春农家。清晨起来，槟榔花香得令人心神恍惚。主人为我们做了"菜脯蛋"配稀饭，极美味，三口就吃完了。主人说再炒一盘，我这才发现他是跑到鹅舍草堆里去摸蛋的，不幸被母鹅发现，母鹅气红了脸，叽嘎大叫，主人落荒而逃。第二盘蛋便在这有声有色的场景配乐中上了菜，我这才了解那蛋何以那么鲜香腴厚。而母鹅訾骂不绝，掀天翻地，我终于恍然大悟，原来每一枚蛋的来历都如希腊神话中普罗米修斯盗天火，又如《白蛇传》故事中的《盗仙草》，都是一种非分。我因妄得这非分之惠而感念谢恩——这些，都是十年前的事了。今晨，微雨的窗前，坐忆旧事，心中仍充满愧疚和深谢，对那只鹅。一只蛋，对它而言原是传宗接代存亡续绝的大事业啊!

丈夫很少去菜场,大约一年一两次,有一次要他去补充点小东西,他却该买的不买,反买了一大包鱼丸回来,诘问他,他说:

"他们正在做哪!刚做好的鱼丸哪!我亲眼看见他在做的呀——所以就买了。"

用同样的理由,他在澳洲买了昂贵的羊毛衣,他的说辞是:

"他们当我面纺羊毛,打羊毛衣,当然就忍不住买了!"

因为看见,因为整个事件发生在我面前,因为是第一手经验,我们便感动。

但愿我们的城市也充满"正在发生"的律动,例如一棵你看着它长大的市树,一片逐渐成了气候的街头剧场,一股慢慢成形的政治清流,无论什么事,亲自参与了它的发生过程总是动人的。

一路行去

把电话挂断，挂不断的泪一径流了下来，我咬牙往关口走去。

也不知是第十几次走出那关口了，但从来没有这样割心的疼，孩子倒是洒脱，电话那端是他们愉悦的童音，两人都答应要乖，要做好孩子。我也装作快乐地和他们说再见，从来不知道做一个母亲是可以一面流那样热烫的泪，一面仍可勉强拼出那样温甜的声音。

队伍是十一个人，没有组织，没有经费，只凭一声吆喝，就这样各人请了假，硬挤出十七天的时间上路。十一人分三组，我们这组是四个人，主要安排访问的路线是美国传播机构、教会领袖和中国留学生。那一晚，丈夫守着电话打，一下子就打了十几通越洋电话，钱？管他，访问的路线就这样定了，钱，该来的时候就会来的。

扣好安全带，我把幻灯片从皮包里抽出来，有一张还是朋友刚才赶着送到机场来的。幻灯片全是临时赶的,做我们的朋友真是一件不幸的事,我们自己专去拣些别人不做的事来做,扰得我们的朋友也跟着忙得人仰马翻,他们全是在学业事业上有成就的人,却每每为了帮我们的忙不吃不睡的——不能想,这些事一想起来就心酸眼热,五内如翻岩涌浆,无法平复。

"我们要组织一个基督教友好访问团到美国去,"那天我嗫嗫嚅嚅地打电话给秀治,"我想要送些礼物给那些美国教会领袖,我希望那种礼物可以一直保存着,天天看,就会想起台湾,这样看来,当然是送画最好——我想要你几幅绣画,我出不起钱,可是布和绣线那些成本我总该出……"

秀治是一个质朴的人,从来不懂得宣传自己,也只有她那样纯的人才能有那么醇的作品,她从来舍不得卖画,每次卖,都是为了教会的慈善活动,她那样千针万线绣出来的啊……

她捐了三幅画,我捧着那样的画,觉得天地都为之庄严肃穆起来,同时捐出的还有王蓝跟许坤成,王蓝并且把他的画袋借给我,所有框好的画都放在那里面,我生平没有提过那么殷实沉重的东西。

配合幻灯片放的录音带是解大哥帮的忙,临行的前一夜,我们还磨在录音室里,一遍一遍地修正着,他一会儿钻到唱片库里去,一会儿又钻到控制室里来,声音也是琢磨了又琢磨,总想做得最好,走出录音室已经是次日凌晨了,他送我回去,北安路上夜静静地平展着，我们走到路口，他叫了车给我，跟我说：

"张姐姐，对你们夫妇，我真的可以说：'我很爱你们。'"

我跳上车，一句话也没说——不知该说什么，上天为鉴，所有的朋友都对我太好，我永远不能偿还，多甜美的欠负！不是"长恨此身非我有"，而是"长喜此身非我有"，全是朋友们的恩情缀成的。

我把录音机打开，开到最小声，一面模拟着要怎样配合幻灯画面——在两万多尺的高空，时差？没有时间去管时差了，我一下飞机就得去工作，我也许会累，累就累，我得去放映，去谈，去辩论，去指责，去跟人聊通宵，在冰天雪地里把自己走成一介苦行僧侣，连孩子都横下心交给爷爷奶奶了。这十七天我们如果不拼命就对不起自己。

跟孩子一起交给人的是学生，一开学就请假，让我觉得愧疚，但黄答应来代课使我喜出望外，他要跟学生讲中国诗的欣赏。每次跟他通电话，都使人迷惑，似乎仍是大一那年，似乎仍同坐在中文系的第一教室里上课，似乎凭栏望去仍是涨绿的双溪，以及有若长虹之桥柱的青山。但二十年过去了，他已是文学院院长，他答应来演讲，我自豪，因为有一位才华过人、以十几年的时间把自己从"大一学生"变成了"学者"的朋友，但我更自豪的是这个我所身处的社会，这个社会允许一个肯上进的穷苦大一学生，在十几年间成为文学院院长。

丈夫的大箱子里带的是一百七十张展览用的图片，照的是早期基督教在中国的发展，那些苍凉的画面时而是一片西北的屋脊，时而是一片江南的烟波。为了省钱，那些照片全是他杂志社里的同仁自己冲洗的，没有暗房，他们就把洗手间围上黑布装成暗房，每次要冲洗照片的时候就前前后后地宣告："谁要上一号？谁要上一号？要去的快去，关上了门就一个钟头不准进来！"

他们没日没夜地洗，那一百七十张大挂图就是这样洗出来的。感谢上帝没有赐我们亿万家产，如果我们有钱，我们可以购买每一份劳力，但我们没有，我们只有朋友，我们是真正富有的人。

除了图片，我们还印了六万张贴纸，大型的可以贴在车子的后杠上，小的像五元镍币，可以随便贴，上面印着中文的"主佑中华"和英文的 Pray for free China，要多少钱？不知道，我不管钱的事，许多年来我也一直没管过，上帝不会不帮助一个自助的人，我该管的是我有没有倾我所能地奉献，我该急于知道自己是不是纯洁无瑕，无愧于日日承受的天恩人惠。

"你刚才在哭，"丈夫说，"×姐妹赶到机场来，塞了这张支票给我。"

我忽然又想哭，太多了，这些爱，我无法承载，其实，陆陆续续一直就有人奉献，从几百的到上万的，令人哽咽的爱。

我想起《旧约》中的一个美丽的故事，说到大卫王在战场上，忽一日渴想喝故乡伯利恒古井里的水。有三个勇士知道了,便冲过封锁线,去为国王打来清凉的井水。大卫接了那水,为之战栗动容,不敢入口,当时他把那水浇在地上,告祭天神,说:

"这是他们的血,我断不能喝!"

那些帮助我们一路成行的人,岂是把东西给我们?他们把钱交给我们,把爱和祝福交给我们,其实是基于他们对上帝的爱,对民族的爱,那一切太美好,是我们必须以之告祭天下的。

到旧金山,杏花籁籁地开了,日子开始周而复始地每天在不同的飞机上俯瞰不同的云,在不同的机场拿自己的行囊,下午在不同的会堂里贴展览图片,晚上在聚会中向不同的脸孔说话,散会后向不同的激昂的声音谈剖心沥肝的话题,夜深时,把自己交给不同客栈中不同的床。

相同的是一路行去,尽是祝福。

犹记得,站在旧金山机场等候去华盛顿的班机,那里刚下过五十七年来最大的一场雪,我们是雪封机场后的第一批旅客。

不知为什么,子夜一点到华盛顿,看见满地的雪,我硬是可以封闭自己的感动,这雪景是异乡的雪景,这白是异乡的白。要我流泪,可以,那得等到在塞北或关中,等我在故国的老瓦檐下摘一只冰坠,等我在压弯的水芦苇上掬一掌雪之白。异乡的雪景,充其量只是立体的圣诞卡,是一片遥远的不相干的风光,不是让人落泪的什么。

犹记得,离开华盛顿的那一夜,秉怡抱着我,说:

"带着我们的爱去。"

一听,就让我想起二十年前在一个唱诗班里的时光,她仍是最好的女低音。

犹记得,在纽约,寿南和朋友到旅社中来,我们谈到深夜一点。在波士顿,在辛辛那提,在普渡,在耶鲁,那样一路扬帆地走去,把冰辙走成暖流。

犹记得,在俄克拉何马,那女孩接了我们,立刻驱车回去烤年糕,作为晚上的点心。在达拉斯,那男孩清晨六点送了两包汤圆来(他想必是五点就出发了),然后转身就跑了。我实在想不通他是怎么弄到那两包汤圆的。

我不会忘记那些把两颊交给朔风去割裂,用一只肉肩去挑起十几州的风雪雨雹的日子。但我不冷,我仍能一城一城地去告诉人,告诉人上帝的正义,永恒的真理……

一路行去,穿一袭别人送的羊毛衣,着一双别人赠的旧鞋,三月已渐破二月而来,一襟旧衣足堪挡风,两眼酸涩犹可忍泪,所谓天涯之遥。也无非是把一只脚不断地去放在另一只脚的前面而已。时而在电视台的录影室,时而在麦克风前,在善意的或不善意的桌前,在中国人和美国人中,在万千只手合掌祈祷的祝福声中,我们一路行去。

在古老的岁月里，一个婴儿出世，母亲每每喜欢到各家去收集碎布做成百衲衣，让孩子穿着，代表着来自百家的祝福。

而当我一路行去，我感到自己赤裸一如初生的婴儿。但在众人的祝福中，我们成行，我们穿着百衲成服的美丽衣衫，那一缝一折间全是爱，全是满溢的关怀。

穿着百衲吉服，我们一路行去。

肆·山水有深意

春天不曾匿迹,
它只是更强烈地投身入夏,
原来夏竟是更朴实更浑茂的春,
正如雨是更细心更舍己的液态的云。

画晴

落了许久的雨,天忽然晴了。心理上就觉得似乎捡回了一批失落的财宝,天的蓝宝石和山的绿翡翠在一夜之间又重现在晨窗中了。阳光倾注在山谷中,如同一盅稀薄的葡萄汁。

我起来,走下台阶,独自微笑着、欢喜着。四下一个人也没有,我就觉得自己也没有了。天地间只有一团喜悦、一腔温柔、一片勃勃然的生气,我走向田畦,就以为自己是一株恬然的菜花。我举袂迎风,就觉得自己是一缕宛转的气流,我抬头望天,却又把自己误为明灿的阳光。我的心从来没有这样宽广过,恍惚中忆起一节经文:"上帝叫日头照好人,也照歹人。"我第一次那样深切地体会到造物的深心。我就忽然热爱起一切有生命和无生命的东西来了。我那样渴切地想对每一个人说声早安。

不知怎的,忽然想起住在郊外的陈,就觉得非去拜访她不可,人在这种日子里真不该再有所安排和计划的。在这种阳光中如果不带有几分醉意,凡事随兴而行,就显得太不调和了。

转了好几班车,来到一条曲折的黄泥路。天晴了,路刚晒干,温温软软的,让人感觉到大地的脉搏。一路走着,不觉到了,我站在竹篱面前,连吠门的小狗也没有一只。门上斜挂了一把小铃,我独自摇了半天,猜想大概是没人了。低头细看,才发现一个极小的铜锁——她也出去了。

我又站了许久,不知道自己该往哪里去。想要留个纸条,却又说不出所以造访的目的。其实我并不那么渴望见她的。我只想消磨一个极好的太阳天,只想到乡村里去看看五谷六畜怎样欣赏这个日子。

抬头望去,远处禾场很空阔,几垛稻草疏疏落落地散布着。颇有些仿古制作的意味。我信步徐行,发现自己正走向一片广场。黄绿不匀的草在我脚下伸展着,奇怪的大石在草丛中散置着。我选了一块比较光滑的斜靠而坐,就觉得身下垫的,和身上盖的都是灼热的阳光。我陶醉了许久,定神环望,才发现这景致简单得不可置信——一片草场,几块乱石。远处唯有天草相黏,近处只有好风如水。没有任何名花异草,没有任何仕女云集。但我为什么这样痴地坐着呢?我是被什么吸引着呢?

我悠然地望着天。我的心就恍然回到往古的年代,那时候必然也是一个久雨后的晴天,一个村野之人,在耕作之余,到禾场上去晒太阳。他的小狗在他的身旁打着滚,弄得一身是草。他酣然地躺着、傻傻地笑着，觉得没人经历过这样的幸福。于是，他兴奋起来，喘着气去叩王室的门，要把这宗秘密公布出来。他万没有想到所有听见的人都掩袖窃笑，从此把他当作一个典故来打趣。

他有什么错呢？因为他发现的真理太简单吗？但经过这样多个世纪，他所体味的幸福仍然不是坐在暖气机边的人所能了解的。如果我们肯早日离开阴深黑暗的蛰居，回到热热亮亮的光中，那该多美呢！

头顶上有一棵不知名的树，叶子不多，却都很青翠，太阳的影像从树叶的微隙中筛了下来。暖风过处一满地圆圆的日影都欣然起舞。唉，这样温柔的阳光，对于庸碌的人而言，一生之中又能几遇呢？

坐在这样的树下，又使我想起自己平日对人品的观察。我常常觉得自己的浮躁和浅薄就像"夏日之日"，常使人厌恶、回避。于是在深心之中，总不免暗暗地向往着一个境界——"冬日之日"。那是光明的，却毫不刺眼。是暖热的，却不致灼人。什么时候我才能那样含蕴，那样温柔敦厚而又那样深沉呢？"如果你要我成为光，求你叫我成为这样的光。"我不禁用全心灵祷求"不是独步中天，造成气焰和光芒。而是透过灰冷的天空，用一腔热忱去温暖一切僵坐在阴湿中的人"。

渐近日午，光线更明朗了，一切景物的色调开始变得浓重。

　　记得尝读过段成式的作品,独爱其中一句:"坐对当窗木,看移三面阴。"想不到我也有缘领略这种静趣。其实我所欣赏的,前人已经欣赏了。我所感受的,前人也已经感受了。但是,为什么这些经历依旧是这么深,这么新鲜呢?

　　身旁有一袋点心,是我顺手买来,打算送给陈的。现在却成了我的午餐。一个人,在无垠的草场上,咀嚼着简单的干粮,倒也是十分有趣。在这种景色里,不觉其饿,却也不觉其饱。吃东西只是一种情趣,一种艺术。

　　我原来是带了一本词集子的,却一直没打开,总觉得直接观赏情景,比间接的观赏要深刻得多。饭后有些倦了,才顺手翻它几页。不觉沉然欲睡，手里还拿着书，人已经恍然踏入另一个境界。

等到醒来，发现几只黑色瘦胫的羊，正慢慢地啮着草，远远有一个孩子跷脚躺着，悠然地嚼着一根长长的青草。我抛书而起，在草场上迂回漫步。难得这么静的下午，我的脚步声和羊群的啮草声都清晰可闻。回头再看看那曲臂为枕的孩子，不觉有点羡慕他那种"富贵于我如浮云"的风度了。几只羊依旧低头择草，恍惚间只让我觉得它们嚼的不只是草，而是冬天里半发的绿意，以及草场上无边无际的阳光。

日影稍稍西斜了，光辉却仍旧不减，在一天之中，我往往偏爱这一刻。我知道有人歌颂朝云，有人爱恋晚霞。至于耀眼的日升和幽邃的黑夜都惯受人们的钟爱。唯有这样平凡的下午，没有一点彩色和光芒的时刻，常常会被人遗忘。但我却不能自禁地喜爱并且瞻仰这份宁静、恬淡和收敛。我回到自己的位置坐下，茫茫草原，就只交付我和那看羊的孩子吗？叫我们如何消受得完呢？

偶抬头，只见微云掠空，斜斜地徘着。像一首短诗，像一阕不规则的小令。看着看着，就忍不住发出许多奇想。记得元曲中有一段述说一个人不能写信的理由："不是无才思，绕清江买不得天样纸。"而现在，天空的蓝笺已平铺在我头上，我却又苦于没有云样的笔。其实即使有笔如云，也不过随写随抹，何尝尽责描绘造物之奇。至于和风动草，大概本来也想低吟几句云的作品。只是云彩总爱反复地更改着，叫风声无从传布。如果有人学会云的速记,把天上的文章流传几篇到人间,却又该多么好呢。

正在痴想之间,发现不但云朵的形状变幻着,连它的颜色也奇异地转换了。半天朱霞,粲然如焚,映着草地也有三分红意了。不仔细分辨,就像莽原尽处烧着一片野火似的。牧羊的孩子不知何时已把他的羊聚拢了。村落里炊烟袅升,他也就隐向一片暮霭中去了。

我站起身来,摸摸石头还有一些余温,而空气中却沁进几分凉意了。有一群孩子走过,每人抱着一怀枯枝干草。忽然见到我就停下来,互相低语着。

"她有点奇怪,不是吗?"

"我们这里从来没有人来远足的。"

"我知道,"有一个较老成的孩子说,"他们有的人喜欢到这里来画图的。"

"可是,我没有看见她的纸和她的水彩呀!"

"她一定画好了,藏起来了。"

得到满意的结论以后,他们又作一行归去了。远处有疏疏密密的竹林,掩映一角红墙,我望着他们各自走入他们的家,心中不禁怅然若失。想起城市的街道,想起两侧壁立的大厦,人行其间,抬头只见一线天色,真仿佛置身于死荫的幽谷了。而这里,在这不知名的原野中,却是遍地泛滥着阳光。人生际遇不同,相去多么远啊!

我转身离去，落日在我身后画着红艳的圆。而远处昏黄的灯光也同时在我面前亮起。那种壮丽和寒碜成为极强烈的对照。

遥遥地看到陈的家，也已经有了灯光，想她必是倦游归来了，我迟疑了一下，没有走过去摇铃，我已拜望过郊外的晴朗，不必再看她了。

走到车站，总觉得手里比来的时候多了一些东西，低头看看，依然是那一本旧书。这使我忽然迷惑起来了，难道我真的携有一张画吗？像那个孩子所说的："画好了，藏起来了！"

归途上，当我独行在黑茫茫的暮色中，我就开始接触那轴画了。它是用淡墨染成的"晴郊图"，画在平整的心灵素宣上，在每一个阴黑的地方向我展示。

敬畏生命

那是一个夏天的长得不能再长的下午,在印第安纳州的一个湖边。我起先是不经意地坐着看书,忽然发现湖边有几棵树正在飘散一些白色的纤维。大团大团的,像棉花似的,有些飘在草地上,有些飘入湖水里。我当时没有十分注意,只当是偶然风起所带来的。

可是,渐渐地,我发现情况简直令人吃惊。好几个小时过去了,那些树仍旧浑然不觉地在飘送那些小型的云朵,倒好像是一座无限的云库似的。整个下午,整个晚上,漫天都是那种东西。第二天的情形完全一样,我感到诧异和震撼。

其实小学的时候就知道有一类种子是靠风力吹动纤维播送的。但也只是知道一道测验题的答案而已。那几天真的看到了,满心所感到的是一种折服,一种无以名之的敬畏。我几乎是第一次遇见生命——虽然是植物的。

我感到那云状的种子在我心底强烈地碰撞上什么东西。我不能不被生命豪华的、奢侈的、不计成本的投资所感动。也许，在不分昼夜的飘散之余，只有一颗种子足以成荫，但造物主乐于做这样惊心动魄的壮举。

　　我至今仍然在沉思之际想起那一片柔媚的湖水，不知湖畔那群种子中有哪一颗成了小树。至少，我知道，有一颗已经成长。那颗种子曾遇见了一片土地，在一个过客的心之峡谷里蔚然成荫，教会她怎样敬畏生命。

到山中去

德：

从山里回来已经两天了，但不知怎的，总觉得满身仍有拂不掉的山之气息。行坐之间，恍惚以为自己就是山上的一块石头，溪边的一棵树。见到人，再也想不起什么客套辞令，只是痴痴傻傻地重复着一句话："你到山里头去过吗？"

那天你不能去，真是很可惜的。你那么忙，我向来不敢用不急之务打扰你。但这次我忍不住要写信给你。德，人不到山里去，不到水里去，那真是活得冤枉。

说起来也够惭愧了。在外双溪住了五年多，从来就不知道内双溪是什么样子。春天里每沿着公路走个半钟点，看到山径曲折，野花漫开，就自以为到了内双溪。直到前些天，有朋友到那边漫游归来，我才知道原来山的那边还有山。

平常因为学校在山脚下，宿舍在山腰上，推开窗子，满眼都是起伏的青峦，衬着窗框，俨然就是一卷横幅山水，所以逢到朋友们邀我出游，我总是推辞。有时还爱和人抬杠道："何必呢？余胸中自有丘壑。"而这次，我是太累了，太倦了，也太厌了，一种说不出的情绪鼓动着我，告诉我在山那边有一种神秘的力量，我于是换了一身绿色轻装，登上一双绿色软鞋，掷开终年不离手的红笔，跨上一辆跑车，和朋友们相偕而去。——我一向喜欢绿色，你是知道的，但那天特别喜欢，似乎是觉得那颜色让我更接近自然，更融入自然。

德，人间有许多真理，实在是讲不清的。譬如说吧，山山都有石头，都有树木，都有溪流。但，它们是不同的，就像我们人和人不同一样。这些年来，在山这边住了这么久，每天看朝云，看晚霞，看晴阴变化，自以为很了解山了，及至到了山那边，才发现那又是另一种气象，另一种意境。其实，严格地说，常被人践踏观赏的山已经算不得什么山了。如果不幸成为名山，被那些无聊的人盖了些亭阁楼台，题了些诗文字画，甚至起了观光旅社，那不但不成其为山，也不能成其为地了。德，你懂我了吗？内双溪一切的优美，全在那一片未凿的天真，让你想到，它现在的形貌和伊甸园时代是完全一样的。我真愿做那样一座山，那样沉郁，那样古朴，那样深邃。德，你愿意吗？

我真希望你看到我，碰见我的人都说我那天快活极了，我怎能不快活呢？我想起前些年，戴唱给我们听的一首英文歌，那歌词说:"我的父亲极其富有,全世界在他权下,我是他的孩子——我掌管平原山野。"德,这真是最快乐的事了——我统管一切的美。德,我真说不出,真说不出。我几乎感觉痛苦了——我无法表达我所感受的。我们照了好些相片,以后我会拿给你看,你就可以明白了。唉,其实照片又何尝照得出所以然来,暗箱里容得下风声水响吗?镜头中摄得出草气花香吗?爱默生说,大自然是一件从来没有被描写过的事物。可是,那又怎能算是人们的过失?用人的思想去比配上帝的思想,用人工去模拟天工,那岂不是近乎荒谬的吗?

这些日子,应该已是初冬了,那宁静温和的早晨,淡淡地像溶液般四面包围着我们的阳光,只让人想到最柔美的春天。我们的车沿着山路而上,洪水在我们的右方奔腾着,森然的乱石垒叠着。我从来没有见过这样急湍的流水和这样巨大的石块。而芒草又一大片一大片地杂生在小径旁。人行到此,只见渊中的水声澎湃,雪白的浪花绽开在黑色的岩石上。那种苍凉的古意四面袭来,心中便无缘无故地伤乱起来。回头看游伴,他们也都怔住了。我真了解什么叫"摄人心魄"了。

"是不是人类看到这种景致,"我悄声问茅,"就会想到自杀呢?"

"是吧,可是不叫自杀——我也说不出来。有一年,我站在长城上,四野苍茫,心头就不知怎的乱撞起来,那时只有一个想法,就是跳下去。"

我无语痴立，一种无形的悲凉在胸臆间上下摇晃。漫野芒草凄然地白着，水声低昂而怆绝，而山溪却依然急蹿着。啊，逝者如斯，如斯逝者，为什么它不能稍一回顾呢？

扶车再行，两侧全是壁立的山峰，那样秀拔的气象似乎只能在前人的山水画中一见。远远地有人在山上敲着石块，那单调无变化的金石声传来，令我怵然而惊。有人告诉我，他们是要开一段梯田。我望着那些人，他们究竟知不知道外面的世界呢？当我们快被紧张和忙碌扼死的时候，当宽坦的街市上树立着被速度造成的伤亡牌，为什么他们独有那样悠闲的岁月，用最原始的凿子，在无人的山间，敲打出迟缓的时钟？他们似乎也望了望这边，那么，究竟是他们羡慕我们，还是我们羡慕他们呢？

峰回路转，坡度更陡了，推车而上，十分吃力，行到水源地，把车子寄放在一家人门前，继续前行。阳光更浓了，山景益发清晰，一切气味也都被蒸发出来。稻香扑人，真有点醺然欲醉的味道。这时候，只恨自己未能着一身宽袍，好兜两袖素馨回去。路旁更有许多叫得出来和叫不出来的野花，也都晒干了一身的露水，抬起头来了，在别人看得见和看不见的山径上挥散着它们的美。

渐渐地，我们更接近终点，我向几个在禾场上游戏的孩子问路，立刻有一个浓眉大眼的男孩挺身而出。我想问他瀑布在什么地方，却又不知道用闽南语怎么表达。那孩子用狡黠的眼光望了望我:"水墙,是吗?我带你去。"啊,德,好美的名词,水墙。我把这名词翻译出来,大家都赞叹了一遍。那孩子在前面走着,我们很困难地跟着他跑,又跟着他步过小河。他停下来,望望我们,一面指着路边的野花蓓蕾对我们说:"还没开,要是开了,你真不知有多漂亮。"我点头承认——我相信,山中一切的美都超过想象。德,你信吗?我又和那孩子谈了几句话,知道他已是小学五年级了。"你毕业后要升初中吗?"他回过头来,把正在嚼着的草根往路旁一扔,大眼中流露出一种不屑的神情:"不!"德,你真不知道,当时我有多羞愧。只自觉以往所看的一切书本、一切笔记、一切讲义,都在他的那声"不"中被否认了。德,我们读书干什么呢?究竟干什么呢?我们多少时候连生活是什么都忘了呢!

我们终于到了"水墙"了。德,那一霎真是想哭,那种兴奋,是我没有经历过的。人真该到田园中去,因为我们的老祖宗原是从那里被放逐的!啊,德,如果你看到那样宽、那样长、那样壮观的瀑布,你真是什么也不想了,我那天就是那样站着,只觉得要大声唱几句,震撼一下那已经震撼了我的山谷。我想起一首我们都极喜欢的黑人歌:"我的财产放置在一个地方,一个地方,远远的在青天之上。"德,真的,直到那天我才忽然憬悟到,我有那样多的美好的产业。像清风明月,像山松野草。我要把它们寄放在溪谷内,我要把它们珍藏在云层上,我要把它们怀抱在深心中。

德,即使当时你胸中折叠着一千丈的愁烦,及至你站在瀑布面前,也会一泻而尽了。甚至你会觉得惊奇,何以你常常会被一句话骚扰,何以常常因一个眼色而气愤。德,这一切都是多余的,都是不必要的。你会感到压在你肩上的重担卸下去了,蒙在你眼睛上的鳞片也脱落了。那时候,如果还有什么欲望的话,只是想把水面的落叶聚拢来,编成一个小筏子,让自己躺在上面,浮槎放海而去。

那时候,德,你真不知我们变得有多疯狂。我和达赤着足在石块与石块之间跳跃着。偶尔苔滑,跌在水里,把裙边全弄湿了,那真叫淋漓尽兴呢!山风把我们的头发梳成一种脱俗的形式,我们不禁相望大笑。哎,德,那种快乐真是说不出来——如果说得出来也没有人肯信。

瀑布很急,其色如霜。人立在丈外,仍能感觉到细细的水珠不断溅来。我们捡了些树枝,燃起一堆火,就在上头烤起肉来。又接了一锅飞泉来烹茶。在那阴湿的山谷中,我们享受着原始人的乐趣。火光照着我们因兴奋而发红的脸,照着焦黄喷香的烤肉,照着吱吱作响的清茗。德,那时候,你会觉得连你的心也是热的、亮的、跳跃的。

我们沿着原路回来,山中那样容易黑,我们只得摸索而行了,冷冷的急流在我们足下响着,真有几分惊险呢!我忽然想起"世道艰难，有甚于此者"。自己也不晓得这句话是从书本上看来的，还是平日的感触。唉，德，为什么我们不生做樵夫渔父呢？为什么我们都只能做暂游的武陵人呢？

寻到大路，已是繁星满天了，稀疏的灯光几乎和远星不辨。行囊很轻，吃的已经吃下去了，而带去看的书报也在匆忙中拿去做了火引子。事后想想，也觉好笑，这岂是斯文人做的事吗？但是，德，这恐怕也是一定的，人总要疯狂一下、荒唐一下、矫时干俗一下，是不是呢？路上，达一直哼着《苏三起解》，茅喊他的秦腔，而我，依然唱着那首黑人名歌："我的财产放置在一个地方，一个地方，远远的在青天之上……"

找到寄车处，主人留我们喝一杯茶。

"住在这里怎样买菜呢？"我问他们。

"不用买，我们自己种了一畦。"

"肉呢？"

"这附近有几家人，每天由出租车带上一大块也就够了。"

"不常下山玩吧！"

"很少，住在这里，亲戚都疏远了。"

不管怎样，德，我羡慕着那样一种生活，我们人是泥做的，不是吗？我们的脚总不能永远踏在柏油路上、水泥道上和磨石子地上——我们得踏在真真实实的土壤上。

山岚照人，风声如涛。我们只得告辞了。顺路而下，不费一点脚力，车子便滑行起来。所谓列子御风，大概也只是这样一种意境吧！

那天，我真是极困乏而又极有精神，极混沌而又极能深思。你能想象我那夜的晚祷吗？德，从大自然中归来，要坚持无神论是难的。我说："父啊，让我知道，你充满万有。让我知道，你在山中，你在水中，你在风中，你在云中。容许我的心在每一个角落向你下拜。当我年轻的时候，教我探索你的美。当我年老的时候，教我咀嚼你的美。终我一生，教我常常举目望山，好让我在困厄之中，时时支取到从你而来的力量。"

德，你愿意附和我吗？今天又是个晴天呢！风声在云外呼唤着，远山也在送青了。德，拨开你一桌的资料卡，拭净你尘封的眼镜片，让我们到山中去。

也是水湄

那条长几就摆在廊上。

廊在卧室之外,负责数点着有一阵没一阵的夜风。

那是四月,初次燠热起来的一个晚上,我不安地坐在廊上,十分不甘心那热,仿佛想生气,只觉得春天越来越不负责,就那么风风雨雨闹了一阵,东渲西染地抹了几许颜色,就打算草草了事收场了。

这种闷气,我不知道找谁去发作。

丈夫和孩子都睡了,碗筷睡了,家具睡了,满墙的书睡了,好像大家都认了命,只有我醒着,我不认,我还是不同意。春天不该收场的。可是我又为我的既不能同意又不能不同意而懊丧。

我坐在深褐色的条几上,几在廊上,廊在公寓的顶楼,楼在新生南路的巷子里——似乎每一件事都被什么阴谋规规矩矩地安排好了,可是我清楚知道,我并不在那条几上,正如我规规矩矩背好的身份证上长达十个字母加数字的统一编号，背自己的邻里地址和电话，在从小到大的无数表格上填自己的身高、体重、履历、年龄、籍贯和家属——可是，我一直知道，我不在那里头，我是寄身在浪头中的一片白，在一眨眼中消失，但我不是那浪，我是那白，我是纵身在浪中而不属于浪的白。

也许所有的女人全是这样的，像故事里的七仙女或者螺蛳精，守住一个男人，生儿育女，执一柄扫把日复一日地扫那四十二坪（1坪=3.3057平方米）地〔算来一年竟可以扫五甲（1甲=2934坪）地〕，像吴刚或西西弗斯那样擦抹永世擦不完的灰尘，煮那像"宗教"也像"道统"不得绝祀的三餐——可是，所有的女人仍然有一件羽衣，锁在箱底，她并不要羽化而去；她只要在启箱检点之际，相信自己曾是有羽的羽族，那就够了。

如此，那夜，我就坐在几上而又不在几上，兀自怔怔地发呆。

报纸和茶绕着我的膝成半圆形，那报纸因为刚分了类，看来竟像一垛垛的砌砖，我恍惚成了俯身古城墙凭高而望的人，柬埔寨在下，越南在下，孟加拉在下，乌干达在下，"暮春三月，江南草长，杂花生树，群莺乱飞"的故土在下……

夜忽然凉了，我起身去寻披肩把自己裹住。

一钵青藤在廊角执意地绿着，我大部分的时间都不肯好好看它，我一直搞不清楚，它到底是委屈的还是悲壮的。

我决定还要坐下去。

是为了跟夜僵持？跟风僵持？抑或是跟不明不白就要消失了的暮春僵持？我不知道。我只知道我不要去睡，而且，既不举杯，也不邀月，不跟山对弈，不跟水把臂，只想那样半认真半不认真地坐着，只想感觉到山在水在鸟在林在就好了，只想让冥漠大化万里江山知道有个我在就好了。

我就那样坐着，把长椅坐成了小舟。而四层高的公寓下是连云公园，园中有你纠我缠的榕树，榕树正在涨潮，我被举在绿色的柔浪上，听绿波绿涛拍舷的声音。

于是，渐渐地，我坚持自己听到了"流水绕孤村"的潺湲的声音。真的，你不必告诉我那是巷子外面新生南路上的隆隆车声，车子何尝不可以"车如流水"呢？一切的音乐岂不是在一侧耳之间温柔，一顾首之间庄严的吗？于无弦处听古琴，于无水处赏清音，难道是不可能的吗？

何况，新生南路的前身原是两条美丽的夹堤，柳枝曾在这里垂烟，杜鹃花曾把它开成一条"丝路"——五彩的丝，而我们房子的地基便掘在当年的稻香里。

我固执地相信，那古老的水声仍在，而我，是泊船水湄的舟子。

新生南路，车或南，车或北，轮辙不管是回家，或是出发，深夜行车不论是为名还是为利，那也算得是一种足音了。其中某个车子里的某一把青蔬，明天会在某家的餐桌上出现，某个车子里的鸡蛋又会在某个孩子的饭盒里躺着，某个车中的夜归人明天会写一首诗,让我们流泪,人间的扯牵是如此庸俗而又如此深情,我要好好地听听这种水声。

如果照古文字学者的意思,"湄"字就是"水草交"的意思,是水跟岸之间的亦水亦岸亦草的地方,是那一注横如眼波的水上浅浅青青温温柔柔如一带眉毛的地方。这个字太秀丽,我有时简直不敢轻易出口。

今夜,新生南路仍是水圳,今夜,我是泊舟水湄的舟子。

忽然,我安下心平下气来,春仍在,虽然这已是阴历三月的最后一夜了。正如题诗在壁,壁坏诗消,但其实诗仍在,壁仍在——因为泥仍在。曾经存在过的便不会消失。春天不曾匿迹,它只是更强烈地投身入夏,原来夏竟是更朴实更浑茂的春,正如雨是更细心更舍己的液态的云。

今夜,系舟水湄,我发现,只要有一点情意,我是可以把车声宠成水响,把公寓爱成山色的。

就如此,今夜,我将系舟在也是水湄的地方。

重读一封前世的信

做编辑的,催起人来,几乎令人可以想见未来某一日死神来催命的情势。当然,往好处想,我今日既有本事死皮赖脸抵御编辑相催,他日,也许就不怎么怕死神的凌逼了。

我平日因疏懒成性,文债渐积渐多,只是,债多不愁,反正能躲则躲,能赖则赖,实在躲不掉也赖不掉的,就先应付一下。最近的债主是某报,人家要项目介绍我,不向我找数据又跟谁要数据呢?我很想哀告一声,说:

"喂,关于张晓风的数据,未必我张晓风就是权威呀!谁规定我该研究我自己?收集我自己?谁说我该提供有关张晓风的资料?我又不是给张晓风管资料的。"

如果要我在这世上找出少数几件我没什么大兴趣的事,"研究张晓风"一定会是其中的一项。想想,世上好玩的事有多么多呀!值得去留意一下的事有千桩万桩哩!譬如说:可以拿来做意大利面的特别小麦叫"杜兰小麦",只有"杜兰"可以构成那迷人的韧劲。而且,意大利文有句"阿尔甸特",意思便专指那份韧韧的嚼头。又譬如说马来人过新年的时候,晚辈跪拜父母,说"敏达玛阿夫"(minta maaf),意思是"请饶恕我过去一年得罪你的地方"(啊,我多么希望普天下的人过新年的时候都互道这句话,它比"新年快乐"要有意思得多了)。又譬如台湾有种开在冬天的白色兰花叫"阿妈兰"(即祖母兰),开得天长地久,总也不谢,让人几乎以为它是永恒的。而开在春天的小朵紫色兰花却叫"小男孩",一副顽皮又浪荡的样子。还有初夏时节,紫霞满树,危耸耸开遍洛杉矶和南美洲的那种"美死了人不偿命"的花树有个绕口的名字叫"夹卡润达"(Gacaranta),中文有个文绉绉的翻译叫"蓝花楹"……世上"杂学"无限,叫张晓风去搬弄张晓风的资料,一方面是无趣,一方面也是胜之不武吧!

但人家在催,我也只好去找。"找自己"是件蛮累的事,而且往往并无收获。倒是有一天木匠阿陈来修衣橱,抖出一包信,我正打算拿去丢掉,不料却发现那泛黄的纸页上有一片熟悉的笔迹。凑近一看,几乎昏倒。天哪!那是朱桥的信啊!朱桥死了有三十年了吧!他曾经是多么优秀的一个编辑啊!而他是自杀死的,"自杀"在当年是个邪恶的不干净的字眼。他所服务的单位大概因而非常不以为然,所以他连身后该有的哀荣也没有捞到。

丧礼上的亲属只有他的老姨妈，她用江北口音有腔有调地哭诉着：

"朱家骏呀！你妈把你交给了我带来台湾呀！叫我以后回去怎么向你妈交代呀！"

过一会，想起来，她又补唱几句：

"你的志向高呀，平常的女孩子你都不要呀！至今还没成家呀！"

我非常惊讶，因为老姨妈似乎在用哭腔哭调告诉众亲朋好友：

"对于他的死，我是无罪的。不要以为我不照顾他，他没有成婚，他眼界高，他看上的女孩子人家看不上他，他的婚姻不是我耽误的……"

三十年后我才逐渐了解晚期的朱桥其实是在精神耗弱的状态下，产生了极度的"沮丧"。这事如果发生在今天，医生会认为这只不过是极平常的"忧郁症"，每天早晨吃一颗"百忧解"也就过去了。可怜当年的朱桥虽一度皈依佛门，却仍然二度自杀，似乎下定必死的决心。

曾经，为了催稿，他在作者家中整夜苦苦守候。曾经，他自掏腰包预付某些作者的稿费。他曾经把《幼狮文艺》办得多么叫好又叫座啊！

此刻，这封三十三年前来自编者案头的信竟忽然出现在我眼底，令我惊悚流泪。是前世的信吗？真的有点像，古人是以三十年为一世的。虽然，所谓的三十年，其实，也只像一瞬。

那时代穷，还没有发明什么用五万十万的巨额奖金去鼓励文学青年的事（文学青年一概皆靠编者的信来加以鼓励）。一九六六年，我参加了奖金千元的"学艺竞赛"，并且得了奖。我当时二十五岁，翌年，我获得中山文艺奖（奖金五万元），以后又曾获得十万的或四十万的奖金——奇怪的是，我最最难忘的却是这奖额千元的奖，只因评审会中有人因我的文章而哭泣。那泪水，胜过千万金银。

台湾刚解严的那阵子，有外国电视记者来访问，他提出的问题是：

"尚未解严的时候，你的写作是不是很不自由？"

我说：

"不，我一向都是自由的，我想写什么就写什么——问题是编辑，看他敢不敢登而已。"

一九六六年，我写了《十月的哭泣》，算是当时威权能忍受的极限吧！而朱桥在《幼狮文艺》上刊登此文，其实也冒着掼掉总编头衔的危险吧！我当时少不更事，哪里知道自己痛快驰文之际，竟会害别人要赌上自己的前程。当今之世，肯为作者而一掷前程的编者又有几人呢？

朱桥的那封信是这样写的：

晓风小姐：

我愿意向你致最大的敬意，当我读完《十月的哭泣》之后，正和你含着泪写一样，我也含着泪读。今天，我给魏子云先生看，他比我更为激动，他不竟（仅）是热泪盈眶，而且他说要找一座山痛哭一场。

尼采说："余最爱读以血泪写成的作品。"唯有以真诚的情感，才能打动人，特别是在我们今天处于这个惨痛的悲剧时代，本着这份感知，就我一个平凡的人而言，多少年的清晨与长夜，我都是为着一点爱国热忱，贡献了我能贡献的。就我编《幼狮文艺》后，虽然不如理想，但也看得出这份努力的心意。对于当前文坛上那些享受虚名与渔利之徒，时常令我齿冷，目前风气所趋，也是徒唤奈何的，因此，我对你抱着"那个题材不感动你的，而不遽尔下笔"是非常对的，希望你保持这份难得的态度。

学艺竞赛收稿已截止，就我观察而言，你的大作"获奖"是绝无问题的了。你信中说，你在情绪激动之下完成此作，有些小地方需要斟酌，我和魏子云先生研究很久，略为改动几处几个字，同时把题目拟改为《十月的阳光》。我们也知道，一字不改最好，因为你已用得很妥切了。为了免得被一些肤浅之辈断章取义，还是略加更改的为好，虽然，我们的刊物政治立场鲜明，但比任何民营报刊更不八股，别人不敢刊登的，我们反而敢刊登，我们敢刊登的别人亦未见得敢刊登，所以，改动数字几乎是必需的，尚请卓裁！

我非常快慰,能获得大作参加学艺竞赛,谢谢您给我们这篇好文章!

敬祝大安

朱桥　1966 年 10 月 17 日

以今天的标准来看,那篇文章只不过大胆真实,并没有什么忤逆之处。但是事隔几年,当齐邦媛教授和余光中教授两人要把该文选入某文选的时候,两人也彼此作壮语道:

"管他的,杀头就杀头,选是一定要选的。"

我很庆幸,齐余两人的大好头颅都安全无恙。而我,其实我并没有做什么坏事,我只不过在三十三年前的"十月庆典"上哭泣,当局一向要的是三呼万岁——而我却哭泣,不料竟引动众人与我一同哭泣……

啊!三十三年前,那曾是一个怎样的时代啊!

我曾于两年前为隐地的书写序,其中有段论述是这样写的:

曾经听一位老作家用十分羡慕的口吻说起现代年轻一辈的作者:

"我觉得他们真了不起,他们又聪明又有学问,又有文笔。他们以后的成就一定不得了——不像我们当年,没有科班出身,只好瞎摸!"

我反驳说:

"也不见得，这一代，他们的确比较精明干练，但要说文学上的成就，那又是另一回事了。"

"怎么说呢？"

"文学这东西，"我说，"太聪明的人根本碰不得，聪明人就会分心，就会旁鹜。老一辈的作者，文学对他们而言就好像风雪暗夜荒原行路人手中所拿的那根小火炬，因为风大，你只好用手护着火苗——而护得急了，连手都差点烧烂。但你不能不好好护着它，因为在群狼当道的原野中，一旦火熄了，你就完了。那火炬成了你的唯一，你忍着手心的疼痛，抵死护好那小小的蹿动的火苗。

"现在的作者不是，写作是他众多本领中的一项，他靠此吃饭，或者不靠此吃饭，他表演，他享受掌声和金钱，他游走，他回来，他在排行榜上。他翻阅这个月的新书，他的心不痛，从来不痛，因为他是个快乐的书写作业员。

"而老一辈的作者，他们手中捧着火苗前行，那火苗便是文学。那烫得人手心灼痛欲焦的文学。你忍受，只因在茫茫荒郊、漫漫长夜、风雪相侵、生死交扣的时刻，舍此之外，你一无所有。

"相较之下，今日的文学是众多消费品中的一项，是琳琅市场上和肥皂和电池和冰箱除臭剂和洋芋片和保险套一起贩卖的东西。一旦退货，立刻变成纸浆。

"现代的作者也许更有才华，但文学女神要的祭品却是你的痴狂和忠贞。"

我今天重读三十三年前一个编辑、一个文学人对年轻作者的殷殷期许，内心惶愧交煎。所有的生者对死者其实都欠着一副担子，因为死者谢世之际，无形中等于说了一句：

"担子，该由你们来挑了。"

当年曾经受人祝福，受人包容，受人期许的我，此刻，总该像地心的融雪之泉，为自己流经的土地而喷珠溅玉吧！

我真的肯做一个乐人之乐、苦人之苦，因别人的伤口而流血、因远方的哭声而倾泪的人吗？手中捏着前世的信，我逼问我自己。

我家独制的太阳水

六月盛夏,我去高雄演讲。一树一树阿勃拉的艳黄花串如同中了点金术,令城市灿碧生辉。

讲完了,我再南下,去看我远居在屏东的双亲。母亲八十,父亲九十一,照虚岁的说法是九十二。何况他的生日是正月初七,真的是每年都活得足足的,很够本。我对他的年龄充满敬意。在我看来,他长寿,完全是因为他十分收敛地在用他的"生命配额"的缘故("配额"是外贸方面的术语,指一个厂商从政府得到的营业限量)。

依照中国民间流传的说法,一个人一生的"福禄资源"是有其定量的。你如果浪费成性,把该吃的米粮提早吃完,司掌生死簿的那一位,也就只好开除你的"人籍"了。

我的父亲不然,他喝酒,以一小杯为度。他吃饭,食不厌粗。一件草绿色的军背心,他可以穿到破了补,补了又加补的程度。"置装费"对他来说是个离奇不可思议的字眼。事实上他离开军旅生涯已经四十年了,那些衣服仍穿不完的穿着,真穿成烂布的时候,他又央求妈妈扯成抹布来用。

我算是个有环保概念的人,但和父亲一比,就十分惭愧。我的概念全是"学而知之",是思考以后的道德决定。我其实喜欢冷气,喜欢发光的进口石材铺成的地面,喜欢华贵的地毯和兽皮,喜欢红艳的葡萄酒盛在高脚水晶杯里……我之选择简朴是因为逃避,逃避不该有的堕落与奢华。但父亲,出生于农家的父亲,他天生就环保,他是"生而知之"的环保人士。

回到家里,晒衣绳上到处都有父亲三四十年来手制的衣架。衣架制法简单,找根一二公分宽的竹条,裁作三四十公分长的竹段,中间打一个小洞,穿过铁丝,铁丝扭作"S"形,就可以挂衣服了。

父亲的藏书也离奇，他不买精装书，只买平装书。他认为那些精装书多半是"假精装"，只是把硬纸粘贴在书外面而已（后来，有出版界的朋友告诉我，的确如此）。勤看书的人只消一个礼拜就可以让它皮肉分家。父亲的书，他真看（不像我，我早年见书就买，买了就乱堆，至于看不看，那又是另外一件事）。他保护书的方法是把书一买来就加道装订手续。他用线装书的方法，每本书都钻四五个孔，再用细线缝过。他的办法也的确有用，三十年后，竟没有一本书脱线掉页的。

我偷了父亲一本《唐诗三百首》，放在我自己的书架上。其实这本书我已经有好几个不同的版本了，何必又去偷父亲的？只因那本书父亲买了五十年，他用一张牛皮纸包好，我打开来一看，原来那是一个拆开的大信封的反面，大信封的正面看得出来写的是在南京的地址，那时候，父亲是国民政府联勤总部的一个副处长。老一辈的人惜物至此，令我觉得那张黄旧的包书纸比书里的三百首诗还有意思。

夏天，父亲另有一项劳己利人的活动。他拿六七只大铝壶接满水，放在院子里晒。到下午，等小孩放学以后，那便是我家独制的"太阳水"，可以用来洗澡。至于那些大壶也不是花钱另买的，而是历年囤积的破壶。那年代没有不锈钢壶，只有铝壶，南部水硬，壶底常结碱，壶的损坏率很高。壶漏了，粘补一下，煮水不行，晒水倒可以。可惜父亲三年前跌了一跤，太阳水就没人负责制造了，我多么怀念那温暖如血液般的太阳水，如果有人告诉我洗了太阳水包治百病，我也是相信的啊！

父亲年轻时念师范，以后从军，军校六期毕业，也曾短期赴美，退役的时候是步兵学校副校长，官阶是陆军少将，总算也是个人物了。但他真正令我佩服的全然不是那些头衔，而是他和物质之间那种简单素朴的疼惜珍重。

我把他的高筒马靴偷带回台北。马靴，是父亲五十年前骑马时用的。那马靴早已经僵硬脆裂，不堪穿用了。但我要留着它，我要学会珍惜父亲的珍惜。

巷子里的老妈妈

巷子里有个妇人,一手推着一篮菜,一手提着个大袋子,正在东张西望。看到我,她讷讷地开了口:

"请问,你,是住在这条巷子里的人吗?"

"是的。"

"我是刚搬来的,我听人说这巷子里有个箱子可以丢旧衣服,你知道在哪里吗?"

"哦,本来是有一个,但最近不知什么时候给拆走了,听说是违章……"

"哎呀,"她叹了口长气,"真是糟糕,我的小孙子长得快,这一大包都是他们穿不下的衣服,可是叫我当垃圾丢,我是丢不下手的呀!我们这种年纪的人是丢不来衣服的,都还是新新的嘛!可是要搬回去,我家又住四楼,我又买了一篮子菜……"

"这样吧,你把衣服放在我车上,我这两天要去内湖,内湖有个收衣站。我来替你丢。"

"啊！这就好了，"她的表情如获大赦，"太好了，没想到遇见贵人了。我的问题可以解决了。"

在她口中我变成了"贵人"，不过顺便帮她丢丢旧衣服，居然也可以做人家的"贵人"。但是转而一想，她说的也许很对，世上高官厚禄的贵显之人虽然很多，但刚好肯替她去丢衣服的人也许真的只有我一个。

那妇人大约是六十出头的年纪，穿件朴素的灰色衣裳。面容白皙洁净，语音柔和迟缓。看得出来家道不错，平生也不像吃过大苦，但她却显然属于深懂"惜物"之情的一代。

我想起我家的情况来了：

女儿每次和同学郊游回来，总带着烤肉用剩的酱油、沙拉油、面包……啰啰唆唆一大堆。我问她为什么要拿这些东西，她嗔道："都是你害的啦！从小叫我们不要丢东西，而我们同学都说丢掉丢掉。我如果不拿，他们就真的去丢掉。我不得已，只好拿回来，不然，难道眼睁睁看他们丢？——"

我想，我实在是害她活得比别人辛苦些，但我们反正已属于"不丢族"，就认命吧！偶然碰到其他的"不丢族"，我总尽力表达敬意。像今天能碰到这位老妇人，或者说今天能被这老妇人碰到，真是很幸运的事，值得好好为她提供额外服务。

我甚至想，台湾之所以还没有坏到极致，全是像老妇人这种人物在撑着,她们不开车,不喝可乐或铝箔包装的果汁,她们绝不会把衣服只穿一季就丢掉,搞不好她们身上的那一件已经穿了十年,而她却从来不觉得有汰旧的必要。

是她,坚持不倒剩菜。是她,把旧汗衫改成抹布。是她,把茶叶渣变成肥料。是她,把长孙的衣服改一改又给了次孙。

这些老妈妈真的是社会之宝,虽然从来没有人给她们颁过一个奖。但我们真的不能少掉她们,她们是我们福泽的种子,我们大部分的官员如果撤换也不算什么,但这批老妈妈是不能撤换的,她们是乱象中的安定,是浮华中的朴实,是飞驰中的回顾,是夸饰中的真诚,我向老妈妈致敬。

孤意与深情

　　我和俞大纲老师的认识是颇为戏剧性的,那是八年以前,我去听他演讲,活动是李曼瑰老师办的,地点在话剧欣赏委员会,地方小,到会的人也少,大家听完了也就零零落落地散去了。

　　但对我而言,那是个截然不同的晚上,也不管夜深了,我走上台去找他,连自我介绍都省了,就留在李老师办公室那套破旧的椅子上继续向他请教。

　　俞老师是一个谈起话来就没有时间观念的人,我们愈谈愈晚,后来他忽然问了一句:

　　"你在什么学校?"

　　"东吴——"

　　"东吴有一个人,"他很起劲地说,"你去找她谈谈,她叫张晓风。"

　　我一下愣住了,原来俞老师竟知道我而且器重我,这么大年纪的人也会留心当代文学,我当时的心情简直兴奋得要轰然一声烧起来,可惜我不是那种深藏不露的人,我立刻就忍不住告诉他我就是张晓风。

然后他告诉我他喜欢我的散文集《地毯的那一端》,认为深得中国文学中的阴柔之美,我其实对自己早期的作品很羞于启齿,由于年轻和浮浅,我把许多好东西写得糟极了,但被俞老师在这种情形下无心地盛赞一番,仍使我窃喜不已。

接着又谈了一些话,他忽然说:

"白先勇你认识吗?"

"认识。"那时候他刚好约我在他的晨钟出版社出书。

"他的《游园惊梦》有一点小错,"他很认真地说,"吹腔,不等于昆曲,下回告诉他改过来。"

我真的惊讶于他的细腻。

后来,我就和其他的年轻人一样,理直气壮地穿过怡太旅行社业务部而直趋他的办公室里聊起天来。

"办公室"设在馆前路,天晓得俞老师用什么时间办"正务",总之那间属于怡太旅行社的办公室,时而是戏剧研究所的教室,时而又似乎是振兴戏剧委员会的免费会议厅,有时是某个杂志的顾问室……总之,印象里满屋子全是人,有的人来晚了,到外面再搬张椅子将自己塞挤进来,有的人有事便径自先离去,前前后后,川流不息,仿佛开着流水席,反正任何人都可以在这里做学术上的或艺术上的打尖。

也许是缘于我的自私,我自己虽也多次从这类当面的和电话聊天中得到许多好处,但我却并不赞成俞老师如此无日无夜地来者不拒。我固执地认为,不留下文字,其他都是不可信赖的。即使是嫡传弟子,复述自己言论的时候也难免有失实之处,这话不好直说,我只能间接催老师。

"老师,您的京剧剧本应该抽点时间整理出来发表。"

"我也是这样想呀!"他无奈地叹了口气,"我每次一想到发表,就觉得到处都是缺点,几乎想整个重新写过——可是,心里不免又想,唉,既然要花那么多功夫,不如干脆写一本新的……"

"好啊,那就写一个新的!"

"可是,想想旧的还没有修整好,何必又弄新的?"

唉,这真是可怕的循环。我常想,世间一流的人才往往由于求全心切反而没有写下什么,大概执着笔的,多半是二流以下的角色。

老师去世后,我忍不住有几分生气,世间有些胡乱出版的人是"造孽",但惜墨如金竟至不立文字,则对晚辈而言近乎"残忍"。对"造孽"的人历史还有办法,不多久,他们的油墨污染便成陈迹,但不勤事写作的人连历史也对他们无可奈何。倒是一本《戏剧纵横谈》在编辑的半逼半催下以写随笔的心情反而写出来了,算是不幸中的小幸。

有一天和尉素秋先生谈起，她也和我持一样的看法，她说："唉，每天看讣闻都有一些朋友是带着满肚子学问而死的——可惜了。"

老师在世时，我和他虽每有会意深契之处，但也有不少时候，老师坚持他的看法，我则坚持我的。如果老师今日复生，我第一件急于和他辩驳的事便是坚持他至少要写两部书，一部是关于戏剧理论，另一部则应该至少包括十个京剧剧本，他不应该只做我们这一代的老师，他应该做以后很多年轻人的老师……

对于我的戏剧演出，老师的意见也甚多，不论是灯光、表演、舞台设计、舞蹈，他都"有意见"，事实上俞老师是个连对自己都"有意见"的人，他的可爱正在他的"有意见"。他的意见，有的我同意，有的我不同意，但无论如何，我十分感动于每次演戏他必然来看的关切，而且还让怡太旅行社为我们的演出特别赞助一个广告。

老师说"对"说"错"表情都极强烈，认为正确时，他会一迭声地说："对——对——对——对——……"

每一个"对"字都说得清晰、缓慢、悠长，而且几乎等节拍，认为不正确时，他会嘿嘿而笑，摇头，说：

"完全不对，完全不对……"

令我惊讶的是老师完全不赞同比较文学，记得我第一次试着和他谈谈一位学者所写的关于元杂剧的悲剧观，他立刻拒绝了，并且说：

"晓风，你要知道，中国和西洋是完全不同的，完全不同的，一点相同的都没有！"

"好，"我不服气，"就算比出来的结果是'一无可比'，也是一种比较研究啊！"

可是老师不为所动，他仍坚持中国的戏就是中国的戏，没有比较的必要，也没有比较的可能。

"举例而言，"好多次以后我仍不死心，"莎士比亚和中国的悲剧里在最严肃最正经的时候，却常常冒出一段科诨，——而且，常常还是黄色的。这不是十分相似的吗？"

"那是因为观众都是新兴的小市民的缘故。"

奇怪，老师肯承认它们相似，但他仍反对比较文学。后来，我发觉俞老师和其他一些年轻人在各方面的看法也每有不同，到头来各人还是保持了各人的看法，而师生，也仍然是师生。

有一阵，报上猛骂一个人，简直像打落水狗，我打电话请教他的意见，其实说"请教"是太严肃了些，俞老师自己反正只是和人聊天（他真的聊了一辈子天，很有深度而又很活泼的天），他绝口不提那人的"人"，却盛赞那人的文章，说：

"自有白话文以来，能把旧的诗词套用得那么好，能把固有的东西用得这么高明，此人当数第一！"

"是'才子之笔'对吗？"

"对,对,对。"

他又赞美他取譬喻取得婉委贴切。放下电话,我感到什么很温暖的东西。我并不赞成老师说他是白话文的第一高手,但我喜欢他那种论事从宽的胸襟。

我又提到一个骂那人的人。

"我告诉你,"他忽然说,"大凡骂人的人,自己已经就受了影响了,骂人的人就是受影响最深的人。"

我几乎被这怪论吓了一跳,一时之间也分辨不出自己同不同意这种看法,但细细推想,也不是毫无道理。俞老师凡事愿意退一步想,所以海阔天空竟成为很自然的事了。

最后一次见老师是在"国军文艺中心",那晚演上本《白蛇传》,休息的时候才看到老师和师母原来也来了。

师母穿一件枣红色的曳地长裙,衬得银发发亮。师母一向清丽绝俗,那晚看起来比平常更为出尘。

不知为什么,我觉得老师脸色不好。

"《救风尘》写了没?"我趁机上前去催问老师。

老师曾告诉我他极喜欢元杂剧《救风尘》,很想将之改编为京剧。其实这话说了也有好几年了。

"大家都说《救风尘》是喜剧,"他曾感叹地说,"实在是悲剧啊!"

几乎每隔一段时间,我总要提醒俞老师一次《救风尘》的事,我自己极喜欢那个戏。

"唉——难啊——"

俞老师的脸色真的很不好。

"从前有位赵老师给我打谱——打谱太重要了,后来赵先生死了,现在要写,难啊,京剧——"

我心里不禁悲伤起来,作词的人失去了谱曲的人固然悲痛,但作词的人自己也不是永恒的啊!

"这戏写得好,"他把话题拉回《白蛇传》,"是田汉写的。后来的《海瑞罢官》也是他写的——就是给批斗了的那一本。"

"明天我不来了!"老师又说。

"明天下本比较好啊!"

"这戏看了太多遍了。"老师说话中透露出显然的疲倦。

我不再说什么。

后来,就在报上看到老师的死。老师患先天性心脏肥大症多年,原本也就是随时可以撒手的,前不久他甚至在出租车上突然失去记忆,不知道回家的路。如果从这些方面来看,老师的心脏病突发倒是我们可能预期的最幸福的死了。

悲伤的是留下来的师母,和一切承受过他关切和期望的年轻人,我们有多长的一段路要走啊!

老师生前喜欢提及明代一位女伶楚生,说她"孤意在眉,深情在睫","孤意"和"深情"原来是矛盾的,却又很微妙地也是一个艺术家必要的一种矛盾。

老师死后我忽然觉得老师自己也是一个有其"孤意"有其"深情"的人,他执着于一个绵邈温馨的中国,他的孤意是一个中国读书人对传统的悲痛的拥姿,而他的深情,使他容纳接受每一股昂扬冲激的生命,因而使自己更加波澜壮阔,浩瀚淼淼……

伍 · 身侧的幸福

必然有风像旧戏中的流云彩带,
圆转柔和地圈住
一千一百万平方公里的海棠残叶。
必然有风像歌,像笛,
一夜之间散遍洛城。

雨天的书

一

我不知道，天为什么无端落起雨来了。薄薄的水雾把山和树隔到更远的地方去，我的窗外遂只剩下一片辽阔的空茫了。

想你那里必是很冷了吧，另芳？青色的屋顶上滚动着水珠子，滴沥的声音单调而沉闷，你会不会觉得很寂寥呢？

你的信仍放在我的梳妆台上，折得方方正正的，依然是当日的手痕。我以前没见过你，以后也找不着你，我所能持有的，也不过就是这一片模模糊糊的痕迹罢了。另芳，而你呢？你没有我只字片语，等到我提起笔，却又没有人能为我传递了。

冬天里，南馨拿着你的信来。细细斜斜的笔迹，优雅温婉的话语。我很高兴看你的信，我把它和另外一些信件并放着。它们总是给我鼓励和自信，让我知道，当我在灯下执笔的时候，实际上并不孤独。

另芳，我没有即时回你的信，人大了，忙的事也就多了。后悔有什么用呢？早知道你是在病榻上写那封信，我就去和你谈谈，陪你出去散散步，一同看看黄昏时候的落霞。但我又怎么想象得到呢？十七岁，怎么能和死亡联想在一起呢？死亡，那样冰冷阴森的字眼，无论如何也不该和你发生关系的。这出戏结束得太早，迟到的观众只好望着合拢的黑绒幕黯然了。

雨仍在落着，频频叩打我的玻璃窗。雨水把世界布置得幽冥昏暗，我不由幻想你打着一把小伞，从芳草没胫的小路上走来，走过生，走过死，走过永恒。

那时候，放了寒假。另芳，我心里其实一直是惦着你的。只是找不着南馨，没有可以传信的人。等开了学，找着了南馨，一问及你，她就哭了。另芳，我从来没有这样恨自己。另芳，如今我向哪一条街寄信给你呢？有谁知道你的新地址呢？

南馨寄来你留给她的最后字条，捧着它，使我泫然。另芳，我算什么呢？我和你一样，是被送来这世界观光的客人。我带着惊奇和喜悦看青山和绿水，看生命和知识。另芳，我有什么特别值得一顾的呢？只是我看这些东西的时候比别人多了一份冲动，便不由得把它记录下来了。我究竟有什么值得结识的呢？那些美得叫人痴狂的东西没有一样是我创造的，也没有一件是我经营的，而我那些仅有的记录，也是破碎支离，几乎完全走样的，另芳，聪慧如你,为什么念念要得到我的信呢?

"她死的时候没有遗憾,"南馨说,"除了想你的信。你能写一封信给她吗?我要烧给她——我是信耶稣的,我想耶稣一定会拿给她的。"

她是那样天真,我是要写给你的,我一直想着要写的,我把我的信交给她,但是,我想你已经不需要它了。你此刻在做什么呢?正在和鼓翼的小天使嬉戏吧?或是拿软软的白云捏人像吧?(你可曾塑过我的?)再不然就一定是在茂美的林园里倾听金琴的轻拨了。

另芳,想象中,你是一个纤柔多愁的影子,皮肤是细致的浅黄,眉很浓,眼很深,嘴唇很薄(但不爱说话),是吗?常常穿着淡蓝色的衣裙,喜欢望着帘外的落雨而出神,是吗?另芳,或许我们真是不该见面的,好让我想象中的你更为真切。

另芳,雨仍下着,淡淡的哀愁在雨里飘零。遥想你墓地上的草早该绿透了,但今年春天你却没有看见。想象中有一朵白色的小花开在你的坟头,透明而苍白,在雨中幽幽地抽泣。

而在天上,在那灿烂的灵境上,是不是也正落着阳光的雨、落花的雨和音乐的雨?另芳,请俯下你的脸来,看我们,以及你生长过的地方。或许你会觉得好笑,便立刻把头转开了。你会惊讶地自语:"那些年,我怎么那么痴呢?其实,那些事不是都显得很滑稽吗?"

另芳，你看，写了这样多。是的，其实写这些信也很滑稽，在永恒里你已不需要这些了。但我还是要写，我许诺过要写的。

或者，明天早晨，小天使会在你的窗前放一朵白色的小花，上面滚动着无数银亮的小雨珠。

"这是什么？"

"这是我们在地上发现的，有一个人，写了一封信给你，我们不愿把那样拙劣的文字带进来，只好把它化成一朵小白花了——你去念吧，她写的都在里面了。"

那细碎质朴的小白花遂在你的手里轻颤着。另芳，那时候，你怎样想呢？它把什么都说了，而同时，它什么也没有说。那一片白，乱簌簌地摇着，模模糊糊地摇着你生前曾喜爱过的颜色。

那时候，我愿看到你的微笑，隐约而又浅淡，映在花丛的水珠里——那是我从来没有看见，并且也没有想象过的。

二

细致的湘帘外响起潺潺的声音，雨丝和帘子垂直地交织着，遂织出这样一个朦胧黯淡而又多愁绪的下午。

山径上两个顶着书包的孩子在跑着，跳着，互相追逐着。她们不像是雨中的行人，倒像是在过泼水节了。一会儿，她们消失在树丛后面，我的面前重新现出湿湿的绿野，低低的天空。

手里握着笔，满纸画的都是人头。上次念心理系的王说，人所画的，多半是自己的写照。而我的人像都是沉思的，嘴角有一些悲悯的笑意。那么，难道这些都是我吗？难道这些身上穿着曳地长裙、右手握着檀香折扇、左手擎着小花阳伞的都是我吗？咦，我竟是那个样子吗？

一张信笺摊在玻璃板上，白而又薄。信债欠得太多了，究竟今天先还谁的呢？黄昏的雨落得这样忧愁，那千万只柔柔的纤指抚弄着一束看不见的弦索，轻挑慢捻，触着的总是一片凄凉悲怆。

那么，今日的信寄给谁呢？谁愿意看一带灰色的烟雨呢？但是，我的眼前又没有万里晴岚，这封信却怎么写呢？

这样吧，寄给自己，那个逝去的自己。寄给那个听小舅讲《灰姑娘》的女孩子，寄给那个跟父亲念《新丰折臂翁》的中学生。寄给那个在水边静坐的织梦者，寄给那个在窗前扶头的沉思者。

但是，她在哪里呢？就像刚才那两个在山径上嬉玩的孩童，倏忽之间，便无法追寻了。而那个"我"呢？你隐藏到哪一处树丛后面去了呢？

你听，雨落得这样温柔，这不是你所盼望的雨吗？记得那一次，你站在后庭里，抬起头，让雨水落在你张开的口里，那真是很好笑的。你又喜欢一大清早爬起来，到小树叶下去找雨珠儿。很小心地放在写算术用的化学垫板上，高兴得像是得了一满盘珠宝。你真是很富有的孩子，真的。

什么时候你又走进中学的校园了。在遮天的古木下，听隆然的雷声，看松鼠在枝间乱跳，你忽然欢悦起来。你的欣喜有一种原始的单纯和热烈，使你生起一种欲舞的意念。但当天空陡然变黑，暴风夹雨而至的时候，你就突然静穆下来，带着一种虔诚的敬畏。你是喜欢雨的，你一向如此。

那年夏天，教室后面那棵花树开得特别灿美，你和芷同时都发现了。那些嫩枝被成串的黄花压得低垂下来，一直垂到小楼的窗口。每当落雨时分，那些花串儿就变得透明起来，美得让人简直不敢喘气。

那天下课的时候，你和芷站在窗前。花在雨里，雨在花里，你们遂为那些声音、那些颜色颠倒了。但渐渐地，那些声音和颜色也悄然退去，你们遂迷失在生命早年的梦里。猛回头，教室竟空了，才想起那一节是音乐课，同学们都走光了，到音乐教室上课去了。那天老师没骂你们，真是很幸运的——不过他本来就不该骂你们，你们在听夏日花雨的组曲呢！

渐渐地，你会忧愁了。当夜间，你不自禁地去听竹叶滴雨的微响；当秋初，你勉强念着"留得残荷听雨声"，你就模模糊糊地为自己拼凑起一些哀愁了。你愁着什么呢？你不能回答——你至今都不能回答。你不能抑制自己去喜欢那些苍凉的景物，又不能保护着自己不受那种愁绪的感染。其实，你是不必那么善感的，你看，别人家都忙自己的事，偏是你要愁那不相干的愁。

年齿渐长，慢慢也会遭逢一点人事了，只是很少看到你心平气和过，并且总是带着鄙夷，看那些血气衰败到不得不心平气和的人。在你，爱是火炽的，恨是死冰的，同情是渊深的，哀愁是层叠的。但是，谁知道呢？人们总说你是文静的，只当你是温柔的。他们永远不了解，你所以爱阳光，是钦慕那种光明；你所以爱雨水，是向往那份淋漓。但是，谁知道呢？

当你读到《论语》上那句"知其不可而为之"，忽然血如潮涌，几天之久不能安坐。你从来没有经过这样大的暴雨——在你的思想和心灵之中。你仿佛看见那位圣人的终生颠沛，因而预感到自己的一部分命运。但你不能不同时感到欣慰，因为许久以来，你所想要表达的一个意念，竟在两千年前的一部典籍上出现了。直到现在，一想起这句话，你心里总激动得不能自己。你真是傻得可笑，你。

凭窗望去，雨已看不分明，黄昏竟也过去了。只是那清晰的声音仍然持续，像乐谱上一个延长符号。那么，今夜又是一个凄零的雨夜了。你在哪里呢？你愿意今宵来入梦吗？带我到某个旧游之处去走走吧！南京的古老城墙是否已经苔滑？柳州的峻拔山水是否也已剥落？

下一次写信是什么时候呢？我不知道。当有一天我老的时候，或许会写一封很长的信给你呢！我不希望你接到一封有谴责意味的信，我是多么期望能写一封感谢和赞美的信啊！只是，那时候的你配得到它吗?

　　雨声滴答,寥落而美丽。在不经意的一瞥中,忽然发现小室里的灯光竟是这般温柔;同时,在不经意的回顾里,你童稚的光辉竟也在遥远的地方闪烁。而我呢?我的光芒呢?真的,我的光芒呢?在许多年之后,当我桌上这盏灯燃尽了,世上还有没有其他的光呢?哦,我的朋友,我不知道那么多,只愿那时候你我仍发着光,在每个黑暗凄冷的雨夜里。

奖金六元

家附近有间卤味店,卖些北平的熏鸡、酱肘之类的熟食,我有时下班晚了,便去买一些来当作晚餐的主菜。

我带一只方形塑料盒去,既不用他们的纸盒,也免了塑料袋,回家上菜的时候,也不必换盘子。

这家卤味店号称北平口味,从前也的确是北平人在经营的,但里面的成员如今已换上一批客家女人,众女将挽袖挥刀,有如一批娘子军。

"一共二百零六元。"柜台上的女子飞快地切好了肉,朝我嫣然一笑。

我急忙掏钱,她却像校长嘉许小学生似的,说:

"算二百好了,六元不要了,难得你这么有环保概念,如果大家都像你就好了。"

我被她赞美得飘飘然,而且,我不能忘记,她赠送给我一笔

小小的环保奖金,她减了我六元。

六元,是多么小的数目呀!可是我兴奋莫名,回到家里更是大肆宣扬,告诉家人我今天得了一笔奖金。跟儿子通越洋电话也不忘提一提,他们都不十分了解我为什么会为六块钱兴奋成那个样子。越洋电话那么贵,每讲一句话就值六块钱了。

从政的人,不知出于真情或假意,老是把"爱台湾"挂在嘴上,"爱台湾"基本上是一种心情,不是一种政见或专利。

对我而言,最具体的爱台湾的方法就是"节省能源""少造垃圾""避免污染"。这一点,我竟没看到几人真能身体力行。成天把垃圾往台湾这块"福尔摩沙"岛上堆上去的人,怎么还能厚着脸皮说自己在爱台湾呢?"福尔摩沙"如今已因过度文明产生的垃圾,而变成"伏尔魔杀"了。

在"垃圾罪孽"里面最容易自我克制的其实就是塑料袋。记得幼小的时候,跟大人上市场,拎的是蒲草编的菜篮。买豆腐买猪肉,自有翠绿的芋叶来包装,而芋头叶是可以回得去的,可以回归泥土母亲的元胎中去。

又记得读《儒林外史》中的王冕故事,王冕为人放牛,偶有些主人赏的肉食,便用荷叶包了回家去孝敬母亲。

余光中的诗,孩子小时我曾教他们背诵的:

那就摘一张阔些的荷叶
包一片月光回去
回去夹在唐诗里
扁扁的,像压过的相思

荷叶是多么好的包装啊!
粽子是用箬叶包扎的。
台湾少数民族的竹筒饭是用竹节包装的。
酒,则灌在葫芦里。
总之,古人硬是有办法找到美丽实用的包装。
塑料袋却可恶可憎,如癌细胞愈肿愈大,永不消退,终而与人偕亡。

我因而带着盒子带着罐子去买菜。对我而言，要做环保就得麻烦，就得不方便。而麻烦，不方便，恰恰好就是"爱的高昂的价格"。

每当商家问我干吗不肯拿一个塑料袋的时候，八成旁边会冒出一个帮我说话的人：

"人家在做环保啦！"

我为这一声解释而深深感激。何况，运气好的时候，居然还能得到六元的奖金。

我生平所获赠的奖金中以这一笔价值最大。

什么东西在"大减价"?

这里是一家批发市场,卖些衣架、镜子、网架、模特儿、组合橱柜什么的,价钱则从来不打折,连在结账时抹去尾数也不肯。

终于有一天,也不知怎么回事,我驱车经过,看见店里忽然垂满了鲜红艳绿的小旗子,小旗上写着醒目的"大减价"三字,旗子排得密密麻麻,想看不到都不行。我非常好奇,便跑进店里打听:

"请问,今天是什么东西在大减价哇?"

"没有!绝对不可能!"老板一本正经地反驳,"我们从来不打折。我们已经够便宜了。"

"那,你贴这么多'大减价'的纸条,又是什么意思?"

"啊!你说这个,"他恍然大悟,笑起来,"不是啦!我们只是在卖这种减价条,让人家店家买去打折用的啦!"

我也不禁大笑起来,原来竟是这么一回事。

但不知为什么，笑完了走出店面的时候，心里竟有点酸酸涩涩的——并且觉得这样的局面好像在哪里见过，这种上当的感觉，居然非常非常熟悉，像是什么听惯的旋律，在耳边反复回放，而你又一时不能确切地想出来。

我回到车上慢慢苦想。

啊！我懂了，是因为在漫长的生命旅途上，有太多人似乎在不断许诺我，说，要给我一些好处。其中有商人，有政客，有长辈，有上级。他们一直给我一个错觉，使我以为我即刻就有什么好处可以到手了。然而，时间一天天过去，我什么也没有得到。所谓"大减价"的字样，原来并不代表有谁要给我一些好处。它本身是一项商品，店主人反而要靠出售它来牟利的——总之，没有什么东西在大减价。

是的，没有东西在减价。例如一趟安排得不甚精彩的团队旅行，一桌不鲜洁不美味的酒席，一张耗尽精力才拼成的俗陋的拼图，一个追随几年才发现其人并没有真学问的师长。一本读来读去读不出道理的大书，一件看走了眼的、不合适的衣服，一宗保证你即将中奖的广告信，一个号称要牺牲奉献的政治家……

"哦！原来……"

一个人一旦口中吐出这三个字，有时可以是喜剧，有时却也可以是很凄伤的悲剧……我还好，我只是心中有几分酸恻：

"哦！原来是这么回事！"

想到这里，再远远返望那店中飘扬的小旗子，仍然一片色彩缤纷、喧嚣热闹："大减价""大减价""大减价""大减价"……啊，原来我什么便宜都不会占到。真的，虽然眼前一片满满的炫目的"大减价""大减价""大减价""大减价"……但事情的真相却没有改变，那就是，并没有东西在大减价！

五点半，赴汤蹈火的时刻

前廊朝北，朝暾夕晖都能略略看到一点。但近年来高楼愈起愈多，渐渐地，只能靠"感觉"去体会晨曦晚照了。而此刻，便是我"感觉晚霞"的时刻。附近大厦的窗玻璃上有一点点介乎淡金和淡红之间的夕阳色，我就呼吸吞吐这一片夕阳色。

练气的人吐纳空气，而我，吐纳美。给我一抹朝云，给我半缕晚霞，我就能还魂。不管我当时怎样潦倒虚脱，美丽，总能让我起死回生。

然而，五点半了。

我嗒然收回目光，转身去做我该做的事，我，去赴汤蹈火。而我所谓的赴汤蹈火是指下厨的工作。在厨房里，火是烈的，水是滚的，刀是锋利的，砸肉的锤子是尖削的……戍守金门马祖的战士当然辛苦，他们的确是在从事一项危险工作，但却未必每日有人负伤。而厨房，我敢说，每天都很负责地制造一批伤员。不管是烫伤、灼伤、砍伤、刮伤、压伤、跌伤……为什么没有人发给家庭主妇一笔"高危险工作"奖金呢？我真不明白（当然，如果家庭煮夫受伤，也应一视同仁）。

流行歌曲里、小说里、电影里，时常重复"寂寞主题"。我这人不知是由于迟钝、忙碌，还是善于在读书之际和古人聊起天来，因而始终不太知道寂寞为何物。经验中每次令我深感寂寞的地方只有一个，就是厨房。而我觉得最寂寞的时刻也只有一个，就是煮饭的时刻。

为此，我几乎想定制一面压克力牌子，挂在厨房——我的执业所在——门口，上面写：

"喂！请进来陪陪我呀！我正站在地球上最寂寞最荒凉最孤绝的地点！"

或是：

"急征工作伙伴，不需经验。"

不过，目前还没有动手制作（一旦制作，搞不好会广受家庭主妇欢迎而抢购一空）。现在我用的方法是"口头传播"，每次如果家中有人，而家人坦然看着我赴汤蹈火的时刻，我是不肯那么甘心就从容就义的，总要大呼小叫：

"这道菜炒好了，快搬上桌！"

"筷子拿了没有？"

"这汤滚烫，记得先放垫子！"

如此咋呼一番，一时竟误以为自己身在前线。想起旧小说里有一句话形容勇敢和忠诚，说"火里火里去，水里水里去"。意思是指"如果你需要我到火场去——我会为你去；如果你需要我为你下水域，我也会为你去"。（翻译太文艺腔了，还是原文鲜活。）

　　但家居过日子，哪有什么工作是需要火里烤、水里钻的？那句话我看用作爱情誓词还差不多，还可以再加几句，变成：

　　"油里油里去，面里面里去，米里米里去！"

　　美国剧作家怀尔德的剧本里有一句令人吓到可以从椅子上跌下来的话，他说，一转眼，你已和你身旁的老伴吃了五万顿饭了。

我起先以为他胡扯，后来仔细一算，两个人如果一天三顿饭都一起吃，一年便是三百六十五乘三，等于是一千零九十五顿，（如果碰到闰年，就又多三顿）这样算起来，不到五十年金婚，就已经累积到五万顿了。

问题是，这五万顿饭是谁煮的？大概是像我这样的女人煮的吧？有没有哪位才子佳人的婚姻誓词是这样说的：

"我愿与对方共同洗米掌勺，即使五万顿饭，也在所不辞。"

啊，不说了，今天晚了，我赴汤蹈火的时间到了！

T.S.艾略特的诗："四月，是个残忍的月份。"

评注家讨论不休。我把它改写一下：

"五点半，是个残忍的时刻。"

天可以塌下来，不过，它最好在五点半以前塌，否则到了五点半，我还是得去煮饭的。

一则关于朝颜的传说

我听到这样一个故事:

在树枝的高丫上,有一只那年夏天刚孵化出来的小鹡鸰。

在树下草坡上,有一地灿开的朝颜,也就是我们说的牵牛花。只是在那远古的时代,它们都习惯于平长在地上,从来不知道什么叫攀爬。

这天清晨,小鹡鸰正在享受母亲刚捕捉到的小虫。

小虫十分美味,小鹡鸰大口地吞吃,母亲不吃,它在一旁絮絮叨叨地说话:

"今天天气真好,天空很蓝,云很白。"

这一点,小鹡鸰懂,因为,蓝天和白云,它在窝里抬起头来就能看到。

"草地很绿,很柔软。"母亲继续说。

绿和柔软,小鹡鸰也懂,因为它们栖身的大树长满绿色的树叶,而它们小小的巢里也经常填满母亲不知从哪里衔来的柔软的苇芒。

"而且,草地上爬满了大片美丽的紫色朝颜。"

"紫色是什么?"这一次小鹪鹩完全不懂了。

"紫色是一种颜色,它是由太阳的红和天空的蓝互相调和成的。"

然而小鹪鹩想不出那是什么奇怪的颜色。

"朝颜又是什么?"

"朝颜是一种花,像一只可以吹的喇叭。"

小鹪鹩一点也听不懂,"奇怪,花是什么?喇叭又是什么?还有,那'美丽'又是什么?"

"美丽,"妈妈的眼睛闪烁,"啊,叫我怎么说呢?美丽是一种叫你一见之下,就忽然心折忽然谦逊的东西。"

"你不能带它来给我看吗?"小鹪鹩急了,因为它更不懂什么叫心折和谦逊。

"不能,"母亲说,"美丽的紫色朝颜是离不得土地的,它会立刻萎谢而死。"

"可是我想看一眼美丽的紫色朝颜啊!"

母亲没料到小鹪鹩在情急之下会叫得那么大声。

连不远处的朝颜也听见了。

这样的声音里透着渴望和哀求,使它的心为之一紧。

"是的,我不可以离开土地,但是,让我试着爬上树去,让小鹩鹩看一眼吧!"

于是它非常艰难地向大树挪移。三天之后,才勉强到达树根,而在它开始试着爬树的时候,自己柔细的指头被大树干剐破了,它没有料到树皮竟然如此粗糙。然而它忍着痛继续往上爬去。

七天之后,它爬到小鹩鹩的窗口,精疲力竭之际,它听到那母亲的声音:

"啊,孩子,快来看,这就是我所说的美丽的紫色的朝颜。它来了,它把自己的美自己送来了。"

从此以后,朝颜变成一种脚跟虽不离地,手臂却能垂直爬上山坡篱笆或岩石的奇异小花。

口香糖、梨、便当

有人问我吃不吃口香糖,我回答说:

"不吃,那东西太像人生,我把它划为'悲惨食物'。"

对方被我吓了一跳,不过小小一块糖,哪用得上那么沉重的形容词?但我是认真的,人人都有怪癖,不肯吃口香糖大概还不算严重的。我对口香糖的味道并没有意见,我甚至也可以容得下美国孩子边嚼口香糖边打棒球的吊儿郎当相。我不能忍受的是:它始于清甜芳香,却竟而愈嚼愈像白蜡,终而必须吐之弃之,成为废物。

还有什么比嚼口香糖更像人生呢?

人的一生也是如此,一切最好的全在童年时期过完了,花瓣似的肌肤,星月般的眼眸,记忆力则如烙铁之印,清晰永志。至于一个小孩晨起推门跑出去的脚步声,是那么细碎轻扬,仿佛可以直奔月球然后折返回来。

然而当岁月走过,剩下的是菡萏香销之余的残梗,是玉柱倾圮之后的废墟。啊!鸡皮鹤发耳聋齿落之际,难道不像嚼余的糖胶吗?连成为垃圾都属于不受欢迎的垃圾。

口香糖是众糖之中最悲哀的糖。它的情节总是急转直下,陡降深渊。

水果中也有种水果特别引我伤感,那是梨。

梨如果削了皮,顺着吃水果的自然方式去吃,则第一口咬下去的外围的肉脆嫩沁甜,令人怡悦。只是越吃到靠中心的部分越酸涩粗糙,不堪入口。吃梨于我永远是一则难题,太早放弃,则浪费食物,对不起世上饥民;勉强下咽,则对不起自己的味觉。

不过,还好,梨子是上帝造的,不像口香糖是美国人造的。梨子心再难吃也有个限度,不像口香糖残胶,咽下去是会出事的。

我终于想好了一种吃梨的好方法:我把梨皮削好,从外围转圈切下梨块,及至切下三分之二的梨肉,我便开始吃梨心,梨心吃完之后才回过头去吃梨子外围的肉。这种"倒吃"的方法其实也不奇特,民间本来就有"倒吃甘蔗"的谚语。我每次用此法吃梨都享受一番"渐入佳境"的喜悦。

想起当年小学和中学时代,同学之间无形中有一种"吃便当文化",那时代物质供应不甚丰裕,便当里的菜也就很有限(而由于我和我的同学全是女孩子,女孩子在某些家庭中,其便当内容又比男孩差),但怎么吃这种便当,说来也有一些大家不约而同的守则:那便是先努力吃白饭,把便当中的精华(例如说,半粒卤蛋,或一块油豆腐)留待最后,每当大家功德圆满,吃完了米饭,要享受那丰富的"味觉巅峰",心里是多么快乐呀!那"最后美味"的一小口,是整个午餐时间的大高潮。

尽管只是一个填饱的便当,尽管菜式不丰美不精致,那最后一口的情节安排竟然很像中国古典戏剧"苦尽甘来"的结局。我们吃那一口的时候多半带着欢呼胜利的心情,那是整个上半天最快乐的一霎。

人生能否避免"口香糖模式""梨子模式",而成为我小时候的那种渐入佳境的"便当模式"?我深感困惑。

衣履篇

人生于世，相知有几？而衣履相亲，亦凉薄世界中之一聚散也。

羊毛围巾

所有的巾都是温柔的，像汗巾、丝巾和羊毛围巾。

巾不用剪裁，巾没有形象，巾甚至没有尺码，巾是一种温柔得不会坚持自我形象的东西，它被捏在手里，包在头上，或绕在脖子上，巾是如此轻柔温暖，令人心疼。

巾也总是美丽的，那种母性的美丽，或抽纱或绣花，或泥金或描银，或是织棉，或是钩纱，巾总是美得那么细腻娴雅。

而这个世界是越来越容不下温柔和美丽了，罗伯特·泰勒死了，斯图尔特·格兰杰老了，费雯·丽消失了，取代的是查尔斯·布朗森，是007，是冷硬的简·方达和费·唐纳薇。

唯有围巾仍旧维持着一份古典的温柔，一份美。

我有一条浅褐色的马海羊毛围巾，是新春去了壳的大麦仁的颜色，错觉上几乎嗅得到麸皮的干香。

即使在不怎么冷的日子，我也喜欢围上它，它是一条不起眼的围巾，但它的抚触轻暖，有如南风中的琴弦，把世界遗留在恻恻轻寒中，我的项间自有一圈暖意。

忽有一天，在惯行的山径上走，满山的芒草柔软地舒开，怎样的年年芒色啊！这才发现五节芒和我的羊毛围巾有着相同的色调和触觉，秋山寂清，秋容空寥，秋天也正自搭着一条芒巾吧，从山巅绕到低谷，从低谷拖到水湄，一条古旧温婉的围巾啊！

以你的两臂合抱我，我的围巾，在更冷的日子你将护住我的两耳焐着我的发。你照着我的形象而委屈地折叠你自己，从左侧环护我，从右侧萦绕我，你是柔韧而忠心的护城河，你在我的坚强梗硬里纵容我，让我也有些小小的柔弱，小小的无依，甚至小小的撒娇作痴。你在我意气风发飘然上举几乎要破躯而去的时候，静静地伸手挽住我，使我忽然意味到人世的温情，你使我猝然间软化下来，死心塌地留在人间。如山，留在茫茫扑扑的草阵里。

巾真的是温柔的，人间所有的巾，以我的那一条。

背袋

我有一个背袋,用四方形碎牛皮拼成的,我几乎天天背着,一背竟背了五年多了。

每次用破了皮,我到鞋匠那里请他补,他起先还肯,渐渐地就好心地劝我不要太省了。

我拿它去干洗,老板娘含蓄地对我一笑,说:"你大概很喜欢这个包吧!"

我说:"是啊!"

她说:"怪不得用得这么旧了!"

我背着那包,在街上走着,忽然看见一家别致的家具店,我一走进门,那闲坐无聊的小姐忽然迎上来,说:

"咦,你是学画的吧!"

我坚决地摇摇头。

不管怎么样,我舍不得丢掉它。

它是我所有使用过的皮包里唯一可以装得下一本《辞源》,外加一个饭盒的,它是那么大,那么轻,那么强韧可信。

在东方,囊袋常是神秘的,背袋里永远自有乾坤,我每次临出门把那装得鼓胀的旧背袋往肩上一搭,心中一时竟会万感交集起来。

多少钱,塞进又流出,多少书,放进又取出,那里面曾搁入

我多少次午餐用的面包,又有多少信,多少报纸,多少学生的作业,多少名片,多少婚丧喜庆的消息在其中驻足而又消失。

一只背袋简直是一段小型的人生。

曾经,当孩子的乳牙掉了,你匆匆将它放进去。曾经,山径上迎面栽跌下一枚松果,你拾了往袋中一塞。有的时候是一叶青蕨,有的时候是一捧贝壳,有的时候是身份证、护照、公车票,有的时候是给那人买的袜子、熏鸡、鸭肫或者阿司匹林。

我爱那背袋,或者是因为我爱那些曾经真真实实发生过的生活。

背上袋子,两手就是空的,空了的双手让你觉得自在,觉得有无数可以掌握的好东西，你可以像国画上的隐士去策杖而游，你可以像英雄擎旗而战，而背袋不轻不重地在肩头，一种甜蜜的牵绊。

夜深时，我把整好的背袋放在床前，爱怜地抚弄那破旧的碎皮，像一个江湖艺人在把玩陈旧的行头，等待明晨的冲州撞府。

明晨，我仍将背上我的背袋去逐明日的风沙。

穿风衣的日子

香港人好像把那种衣服叫成"干湿褛"，那实在也是一个好名字，但我更喜欢我们通常的叫法——风衣。

每次穿上风衣，我会莫名其妙地异样起来，不知为什么，尤其刚扣好腰带的时候，我在错觉上总怀疑自己就要出发去流浪。

穿上风衣，只觉风雨在前路飘摇，小巷外有万里未知的路在等着，我有着一蓑烟雨任平生的莽莽情怀。

穿风衣的日子是该起风的，不管是初来乍到还不惯于温柔的春风，或是绿色退潮后寒意陡起的秋风。风在云端叫你，风透过千柯万叶以苍凉的颤音叫你，穿风衣的日子总无端地令人凄凉——但也因而无端地令人雄壮。

穿了风衣，好像就该有个故事要起头了。

必然有风在江南，吹绿了两岸，两岸的杨柳垂暮……

必然有风在塞北，拨开野草，让你惊见大漠的牛羊……

必然有风像旧戏中的流云彩带，圆转柔和地圈住一千一百万平方公里的海棠残叶。

必然有风像歌，像笛，一夜之间散遍洛城。

曾翻阅过汉高祖的白云的，曾翻阅唐玄宗的牡丹的，曾翻阅陆放翁的大散关的，那风，今天也翻阅你满额的青发，而你着一袭风衣，走在千古的风里。

风是不是天地的长喟？风是不是大块在血气涌腾之际搅起的不安？

风鼓起风衣的大翻领，风吹起风衣的下摆，刷刷地打我的腿。我矍然四顾，人生是这样辽阔，我觉得有无限渺远的天涯在等我。

旅行鞋

那双鞋是麂皮的，黄铜色，看起来有着美好的质感，下面是软平的胶底，足有两公分厚。

鞋子的样子极笨，秃头，上面穿鞋带，看起来牢靠结实，好像能穿一辈子似的。

想起"一辈子"，心里不免怆然暗惊，但惊的是什么，也说不上来，一辈子到底是什么意思，半生又是什么意思？七十年是什么？多于七十或者少于七十又是什么？

每次穿那鞋，我都忍不住问自己，一辈子是什么？我拼命思索，但我依然不知道一辈子是什么。

已经四年了，那鞋秃笨厚实如昔，我不免有些恐惧，会不会，有一天，我已老去，再不能赴空山灵雨的召唤，再不能一跃而起前赴五湖三江的邀约，而它，却依然完好。

事实上，我穿那鞋，总是在我心情最好的时候，它是一双旅行鞋，我每穿上它，便意味着有一段好时间好风光在等我，别的鞋底惯于踏一片黑沉沉的柏油，但这一双，踏的是海边的湿沙，岸上的紫岩，它踏过山中的泉涧，蹀尽林下的月光。但无论如何，我每见它时，总有一丝怅然。

也许不为什么，只为它是我唯一穿上以后真真实实去走路的一双鞋，只因我们一起踩遍花朝月夕万里灰沙。

或穿或不穿，或行或止，那鞋常使我惊奇。

牛仔长裙

牛仔布，是当然该用来做牛仔裤的。

穿上牛仔裤显然应该属于另外一个世界，但令人讶异的是牛仔布渐渐地不同了，它开始接受了旧有的世界，而旧世界也接受了牛仔布，于是牛仔短裙和牛仔长裙出现了。原来牛仔布也可以是柔和美丽的，牛仔马甲和牛仔西装上衣、牛仔大衣也出现了，原来牛仔布也可以是典雅庄重的。

我买了一条牛仔长裙,深蓝的,直拖到地,我喜欢得要命。旅途中,我一口气把它连穿七十天,脏了,就在朋友家的洗衣机里洗好、烘好,依旧穿在身上。

真是有点疯狂。

可是我喜欢带点疯狂时的自己。

所以我喜欢那条牛仔长裙,以及穿长裙时候的自己。

对旅人而言,多余的衣服是不必的,没有人知道你昨天穿什么,所以,今天,在这个新驿站,你有权利再穿昨天的那件,旅人是没有衣橱没有穿衣镜的,在夏天,旅人可凭两衫一裙走天涯。

假期结束时,我又回到学校,牛仔长裙挂起来,我规规矩矩穿我该穿的衣服。

只是,每次,当我拿出那条裙子的时候,我的心里依然涨满喜悦,穿上那条裙子,我就不再是母亲的女儿或女儿的母亲,不再是老师的学生或学生的老师,我不再有任何头衔任何职分。我也不是别人的妻子,不必管那四十二坪的公寓。牛仔长裙对我而言渐渐变成了一件魔术衣,一旦穿上,我就只是我,不归于任何人,甚至不隶属于大化。因为当我一路走,走入山,走入水,走入风,走入云,走着,走着,事实上竟是根本把自己走成了大化。

那时候,我变成了无以名之的我,一径而去,比无垠雪地上身披猩红斗篷的宝玉更自如,因为连左右的一僧一道都不存在。

我只是我,一无所系,一无所属,快活得要发疯。

只是,时间一到,我仍然回来,扮演我被同情或被羡慕的角色,我又成了有以名之的我。

我因此总是用一种异样的情感爱我的牛仔长裙,以及身系长裙时的自己。

项链

温柔之必要

肯定之必要

一点点酒和木樨花之必要

那句子是痖弦说的。

项链,也许本来也是完全不必要的一种东西,但它显然又是必要的,它甚至是跟人类文明史一样长远的。

或者是一串贝壳、一枚野猪牙,或者是埃及人的黄金项圈,或者是印第安人的天青色石头,或者是中国人的珠圈玉坠,或者是罗马人的古钱,以至土耳其人的宝石⋯⋯项链委实是一种必要。

不单项链,一切的手镯、臂钏,一切的耳环、指环、头簪和胸针,都是必要的。

怎么可能有女孩子会没有一只小盒子呢?

怎么可能那只盒子里会没有一圈项链呢?

田间的番薯叶,堤上的小野花,都可以是即兴式的项链。而做小女孩的时候,总幻想自己是美丽的,吃完了释迦果,黑褐色的种子是项链;连爸爸抽完了烟,那层玻璃纸也被扭成花样,串成一环,那条玻璃纸的项链终于只做成半串,爸爸的烟抽得太少,而我长大得太快。

渐渐地,也有了一盒可以把玩的项链了,竹子的、木头的、石头的、陶瓷的、骨头的、果核的、贝壳的、镶嵌玻璃的,总之,除了一枚值四百元的玉坠,全是些不值钱的东西。

可是,那盒子有多动人啊!

小女儿总是瞪大眼睛看那盒子,所有的女儿都曾喜欢"借用"妈妈的宝藏,但她真正借去的,其实是妈妈的青春。

我最爱的一条项链是骨头刻的(刻骨两个字真深沉,让人想到刻骨铭心,而我竟有一枚真实的刻骨,简直不可思议),以一条细皮革系着,刻的是一个拇指大的褓褓中的小娃娃,圆圆扁扁的脸,可爱得要命。买的地方是印第安村,卖的人也说刻的是印第安婴儿,因为只有印第安人才把娃娃用绳子绑起来养。

我一看,几乎失声叫起来,我们中国娃娃也是这样的呀,我忍不住买了。

小女儿问我那娃娃是谁,我说:

"就是你呀!"

她仔细地看了一番，果真相信了，满心欢喜兴奋，不时拿出来摸摸弄弄，真以为就是她自己的塑像。

我其实没有骗她，那骨刻项链的正确名字应该叫作"婴儿"，它可以是印第安的婴儿，可以是中国婴儿，可以是日本婴儿，它可以是任何人的儿子、女儿，或者它甚至可以是那人自己。

我将它当胸而挂，贴近心脏的高度，它使我想到"彼亦人子也"，我的心跳几乎也因此温柔起来，我会想起孩子极幼小的时候，想起所有人类在襁褓中的笑容。

挂那条项链的时候，我真的相信，我和它，彼此都美丽起来了。

红绒背心

那件红绒背心是我怀孕的时候穿的,下缘极宽,穿起来像一口钟。

那原是一件旧衣,别人送给我的,一色极纯的玫瑰红,大口袋上镶着一条古典的花边。

其他的孕妇装我全送人了,只留下这一件舍不得,挂在贮藏室里。它总是牵动着一些什么,平伏着一些什么。

怀孕的日子的那些不快不知为什么,想起来都模糊了。那些疼痛和磨难竟然怎么想都记不真切。真奇怪,生育竟是生产的人和被生的人都说不清楚过程的一件事。

而那样惊天动地的过程,那种参天地之化育的神秘经验,此刻几乎等于完全不存在了,仿佛星辰,你虽知道它在亿万年前成形,却完全不能重复那份记忆,你只见日升月恒,万象回环,你只觉无限敬畏。世上的事原来是可以在混沌噩然中成其为美好的。

而那件红绒背心悬在那里,柔软鲜艳,那样真实,让你想起自己怀孕时期像一块璞石含容着一块玉的旧事。那时,曾有两脉心跳,交响于一副胸膛之内——而胸膛,在火色迸发的红绒背心之内。对我而言,它不是一件衣服,而是孩子的"创世记",我每怔望着它,就重温小胎儿在腹中来不及地膨胀时的力感。那时候,作为一个孕妇,怀着的竟是一个急速增大的银河系。真的,那时候,所有的孕妇是宇宙,有万种庄严。

而孩子大了,在那里自顾自地玩着他的集邮册或彩色笔。一年复一年,寒来暑往,我整衣服的时候,总看见那像见证人似的红绒背心悬在那里,然后,我习惯地转眼去看孩子,我感到寂寥和甜蜜。

图书在版编目（CIP）数据

敬畏生命 / 张晓风著. — 北京：北京联合出版公司, 2019.10（2022.3重印）
ISBN 978-7-5596-3631-7

Ⅰ.①敬… Ⅱ.①张… Ⅲ.①散文集 – 中国 – 当代 Ⅳ.①I267

中国版本图书馆CIP数据核字（2019）第190923号

著作权合同登记号：01-2019-6079

本著作物经北京时代墨客文化传媒有限公司代理，由九歌出版社有限公司授权，在中国大陆出版、发行中文简体字版本。

敬畏生命

作　　者：张晓风
总　发　行：北京时代华语国际传媒股份有限公司
责任编辑：管　文
封面设计：吉冈雄太郎
版式设计：胡玉冰
责任校对：吕新月

北京联合出版公司出版
（北京市西城区德外大街83号楼9层　100088）
唐山富达印务有限公司印刷　　新华书店经销
字数150千字　　880毫米×1230毫米　　1/32　　8印张
2019年10月第1版　　2022年3月第7次印刷
ISBN 978-7-5596-3631-7
定价：42.00元

未经许可，不得以任何方式复制或抄袭本书部分或全部内容
版权所有，侵权必究
本书若有质量问题，请与本社图书销售中心联系调换。电话：010-63783806